카메라

없는

사진가

카메라 없는 사진가

초판 1쇄 인쇄 2023년 5월 12일
초판 1쇄 발행 2023년 5월 19일

지은이 이용순
펴낸이 정해종

펴낸곳 ㈜파람북
출판등록 2018년 4월 30일 제2018－000126호
주소 서울특별시 마포구 토정로 222 한국출판콘텐츠센터 303호
전자우편 info@parambook.co.kr **인스타그램** @param.book
페이스북 www.facebook.com/parambook/ **네이버 포스트** m.post.naver.com/parambook
대표전화 (편집) 02－2038－2633 (마케팅) 070－4353－0561

ISBN 979-11-92964-31-7 03810
책값은 뒤표지에 있습니다.

A CAMERALESS PHOTOGRAPHER

카메라 없는 사진가

이용순 지음

파람북

적단풍나무의 기억 1, 2020

책머리에

제법 많은 눈이 내렸다. 나는 남겨진 사람들에게 인사를 건네고 사동을 나와 다시 그 적단풍나무를 바라보았다. 미처 떨어지지 않은 채 겨울로 들어선 빨간 단풍잎이 눈에 덮여 하얗게 변해 있었다. 한참을 우두커니 바라보며 나의 앞으로의 시간들이 그렇게 흰색이었으면 하고 생각했다.

사복으로 갈아입고 그동안 노역으로 일한 대가로 받은 지폐를 만져보았다. 대가는 참 저렴했다. 이제 세상으로 향하는 것이고 그 세상은 온통 돈으로 이루어진 세계처럼 느껴졌다. 같이 나온 상당수는 마중 나온 가족들과 차를 타고 떠났고 나와 몇몇은 가방 하나씩을 들추어 메고 터벅터벅 그 고립의 공간에서 탈출하고 있었다.

천안 개방교도소를 나와 5분쯤 걸었을까, 우리는 너나 할 것 없이 우리와 처음 마주한 그 작은 편의점으로 모두 입성했고 거기에서 각각 담배와 라이터를 하나씩 사서 다 같이 모여 의식을 치르듯 담뱃불을 붙였다. 머리가 어질어질했지만, 담배를 자유의 상징으로 여기는 우리는 누구도 그것을 거부하지 않았다. 우리는 모두 천안 버스터미널에 모였다. 그리고 다시 습관처럼 헤어짐을 하고 나는 혼자 카페로 가서 따듯한 아메리카노를 앞에 두고 지나온 여정을 회상했다.

노원경찰서에서 몇 번의 조사가 이루어졌다. 뭔가가 잘못되어가고 있음을 느꼈지만, 사실이 아닌 일이라 그냥 대수롭지 않은 일로 여겼다. 담당자는 박 형사였다. 대부분의 조사가 끝나갈 무렵 그에게서 전화가 왔다. 점심을 하자는 것이었다. 식사를 하며 그는 나에게 공범으로 된 조씨가 다 계획하고 나에게 뒤집어씌우고 있는 것으로 보이며 위험할 수 있으니 대처하라고 귀띔해 주었지만, 내가 믿는 것은 옳고 그름이었기에 그냥 넘겨버렸다.

훗날 나와 공범의 관계가 된 조 씨는 은행원이었다. 당시 사업을 하던 나는 그 은행 건물의 4층을 임대해 사무실을 운영하고 있었고, 그는 담당자라는 인연으로 가까워졌다. 시간이 지나 그는 은행을 나와 법무사 사무실로 직장을 옮겼고 나는 슬프게도 그와의 인연을 이어나갔다. 당시 나는 사업을 잠시 내려놓은 상태였으므로 시간적 여유가 있어 가끔 그를 돕는 일을 마다하지 않았다.

한번은 그가 해외에 나갈 일이 있으니 자신을 대신해 법원에서 일 처리를 해달라고 부탁했다. 그것은 큰 액수의 공탁금을 대신 찾아와서 가지고 있다가 자신이 알려주는 사람에게 현금으로 전해 달라는 것이었다. 지금 생각해 보면 이 부탁은 누가 봐도 이상했다. 그러나 눈에 무언가 씌우거나 아니면 철석같이 믿는 존재라면 달라지기도 한다. 나는 그가 해외에 있는 동안 그의 부탁대로 공탁금을 찾아서 내 구좌에 보관하다가 나중에 현금으로 그가 일러준 사람에게 전달해 주었다. 그리고 나는 그렇게 그의 트랩에 걸려든 것이었다.

그가 해외에서 한국으로 돌아왔다. 그리고 느닷없이 돈이 사라졌다고 말했다. 이건 뭔가 많이 이상했지만 나는 방어할 방법이 없었고 그와의 설전은 나를 서서히 진흙 속으로 끌고 들어갔다. 그 수사관의 호의는 그날 점심이 처음이자 마지막이었다. 나는 영장실질심사라는 게 무언지 정확히 파악도 못 한 상태로 운명의 시간을 맞이하고야 말았다. 검사의 표현으로는 공범이고 나의 표현으로는 진범인 그는 이후 2년 동안 도피생활을 하다가 결국 체포되었다. 그리고 나는 그와 검찰청에서 가슴에 낙인 같은 번호표를 새긴 옷을 입고 마주했다.

2년 반의 교도소 생활이었다. 나는 성동구치소(현 동부구치소)에서 시작해 자청해 의정부로 갔고 다시 마지막으로 천안개방교도소로 갔다. 성동은 긴 재판을 준비하는 곳이었고 의정부의 1년은 그야말로 교도소의 시간이었으며, 4개월에도 못 미치는 천안에서의 시간은 밖으로 향하는 시간이었다.

교도소 생활에서 나를 가장 괴롭힌 것은 종일 떠들어대는 TV 소음이었다. 그러나 힘들었던 초기의 몇 개월이 지나고 나는 이내 내가 해야 할 일들을 찾아 나갈 수 있었었다. 그 첫째는 독서였다. 사람은 정말로 적응하는 존재 같았다. 그 소음 속에서 마침내 책의 글귀가 눈에 들어오기 시작한 것이다. 처음에는 주로 소설을 읽기 시작했고 오래전 글을 쓰던 기억을 더듬어 주섬주섬 내 생각을 노트에 적어나가기 시작했다. 시간이 지나면서 소설보다는 그동안 읽지 못했던 철학서들을 탐독하기 시작했다. 그리고 자원해서 교도소 안에서 일을 하기 시작했다.

내가 처음 맡은 일은 사동에서 청소하고 밥 퍼주고 신문, 편지, 약 등을 나눠주는 일이었다. 휴무 없이 새벽 6시에 시작해 오후 6시에 끝나는 일과였지만, 중간중간 시간 여유가 있어서 하루에 대여섯 시간쯤 읽고 쓰는 데 부족함이 없었다. 내가 그 일을 시작한 것은 태어나서 처음으로 다른 사람의 삶을 들여다보고 싶어진 게 가장 큰 이유였다. 이곳을 22번이나 온 사람은 어떤 세상을 살고 있는 것인지, 또 누군가의 생명을 빼앗고 온 사람은 어떤 생각으로 사는 것인지….

나는 그곳에서 에세이 형식으로, 때로는 시의 형식으로 카메라를 대신해 내 생각을 표현해왔다. 그 노트가 무려 17권에 달했다. 다행이었다.

글과 사진은 정말 많은 것에서 비슷했다. 서툰 내 생각이 온전하게 글로 들어와 박혔는지는 내가 판단하기에는 많이 부끄럽다. 그러나 누군가가 나의 이 행위를 두고, 어느 사진가가 카메라가 없을 때 이런 방식으로 사진을 찍었노라고 이야기해준다면 나는 그것으로 충분히 행복할 것이다.

이제 글을 안 쓰는 것은 아니지만, 내 표현 욕구의 대부분은 사진이 해결해 준다. 나는 이 글이 영원히 세상에 나오지 못하리라고 생각했다. 그냥 내 맘속 비밀창고에 숨겨놓은 글로 여기려고도 했다. 그러나 부끄러운 내 생각들이 세상에 나올 수 있게 해준 고마운 분께 마음으로부터의 사랑을 전하려 한다. 그때 내가 가진 생각을 이해하고 기록한 것에 애정을 갖고 평가해준 ㈜채리의 박영두 대표와 채리 가족 모두에게 특별한 감사를 전한다.

사람에게 상처받았으나 결국에 그 상처를 치료하는 것도 사람으로 인해서라고 깊이 생각해 본다. 그리고 아직도 가끔은 그 적단풍나무가 어떤 모습일지 궁금해진다.

2023년 신록의 계절에

차례

3장
세상의 바닥이라는 교실

1장

슬픔을 공부하는 시간

돌아보다

손가락 하나를 구부릴 때마다 심한 통증을 느꼈다. 뼈마디를 통해 그 고통이 고스란히 온몸으로 메아리처럼 퍼져 나갔다. 그 통증이 천만번쯤 반복되어서 나는 세상에 나갈 수 있게 되었다. 이 상처들은 다 어찌해야 하는가? 이 기억들은 또 모두 어디에 감추어야 하는가. 아무래도 지난 시간들을 내 머릿속에서 지워야만 할 것 같다. 그래야만 온전하게 내 삶을 지탱해 나갈 수 있을 것만 같다. 그렇지만 나는 그 흔적들을 가슴속 깊이 간직하려 한다. 그 고통스러운 시간들을 고이고이 접어서 내 심장 깊이에 숨겨놓으려 한다. 왜냐면 이 발자취마저도 버릴 수 없는 내 삶의 한 부분이라는 사실을 나는 이미 알고 있기 때문이다.

기억하는 것들의 대부분은 특이함이라는 단어와 어울리는 공간과 그리고 그곳을 메우고 있는 군상들이다. 특히 출발지가 되는 12번 방은 처음부터 충격이었다. 나의 가담으로 인해 6명이 되어버린 그 작은 방에서 사회에서는 최고급 독일제 차를 몰았다는 사람들과 한쪽에서 올라오는 화장실 냄새와 음식 냄새까지 기묘한 조화를 이룬 곳이었다. 잠이 들면 가끔 옆 사람의 발이 내 어깨를 치는 바람에 늘 선잠을 자야 했던 그곳은 지금도 일면식 없는 사람들로 채워지고 흩어지고 하리라. 절망적 시기에 사동 옆 뒷골목보다 작은 그 운동장은 지금쯤 얼음이 얼고 한쪽에는 눈더미가 쌓여 더 좁아져 있으리라. 통풍 환자인 기획부동산 회사 사장이었던 같은 방의 동료는 구매한 물건이 들어올 적마다 불안하게 높은 선반에 먹을 것을 가지런히 진열했는데 그것은 그의 중요한 일과이자 놀이였다. 그 방에는 사람이 바뀌어 가면서 건설시행사 사장도 스쳐 가고 다단계 업자도, 세상을 시끄럽게 만든 함바 비리 건설사 사람도, 이런저런 장사꾼과 나 같은 사람도 지나갔다. 그 방의 문패에는 '경제 초범'이라고 적혀있었다.

그 사동에는 16개의 방이 일렬종대를 이루고 있으며, 그곳 사람 모두를 매일 삼십 분씩 주어지는 운동시간에 만날 수 있었다. 1번 방은 장애인실이다. 그 방의 한 명은 사업 실패와 구속으로 인해 누나가 자살하자 따라서 자살을 시도하다 장애인이 되어 그 방으로 흘러들게 되었다고 한다. 그는 인간의 나약함과 그 생명의 질김을 동시에 내게 설명해 주는 사람이 되었었다. 2번 방에서 8번 방까지는 신입 방으로 운영되었고 거기에는 늘 새로운 사람이 들어와 삼사일 간 적응의 고초를 겪고는 다른 곳으로 옮겨가는 곳이다. 비워짐은 또다시 채워짐을 뜻하는 그런 장소라고 해야 하나. 9번 방은 우리가 '뽕방'이라고 부르는 마약 사범들이 있는 곳이다. 안타깝게도 이곳에서 가장 대우받지 못하는 부류의 사람들이 모인 곳이었지만, 그들이 만드는 이른바 '징역 음식'은 언제나 특이한 것이었고 나는 늘 그들과 가까이 지냈다. 또 그들 중 한 명에게 영어 공부를 시킨답시고 시간을 죽여 가며 하루하루를 보내곤 했다. 경기도 하남시에 법당을 운영하는 무속인(무당)은 14번 방에 수용되었다. 초기에 그는 한 밤중이 되면 접신을 하는 등 가끔 사동을 뒤집어놓고 어디론가 끌려 나가곤 했지만, 시간이 지나면서 우리와 교도관들은 사주를 봐달라며 생년월일이 적힌 종이를 그의 방에 밀어 넣곤 했다. 물론 그가 해주는 듣기 좋은 말(주로 재판 관련)들은 대부분 빗나가곤 했지만.

징역 생활을 마무리하는 지금 나는 키르케고르의 『죽음에 이르는 병』이라는 오래전의 책을 다시 읽고 있는 중이다. 그는 그 책을 통해 절망을 이야기하고 있다. 나에게 가장 큰 절망은 항소심(2심)의 선고가 있던 2012년 4월 24일이었다. 나는 그날 삶을 선택했고 곧바로 출력(일하기)을 신청했다. 어떤 일을 하던 관계가 없었고, 힘든 생각에서 도피하고 싶은 마음도 작용했다. 그리고 일주일 후 나는 흔히 그곳 용어로 '소지'라 부르는 사동 도우미가 되어있었다. 하루에 천백 원의 노동 대가를 받는 나의 첫 장소는 노역 사동이었다. 벌금을 내지 못해서 징역살이를 하고 있는 그곳은 또 독특한 냄새와 독특한 사람들로 구성이 되어있었다. 거의 이들 대부분은 한 달 이내에 출소하며, 그냥 하루에 오만 원의 벌금이 감해진다는 사실에 행복해하는 사람들의 조합이었다. 그중에는 노숙자도 있었고 돈 없이 술 먹다가 들어오는 사람들도 있었다. 더러는 부실한 몸으로 와서 때 빼고 광내서 나가는 사람들도 있었다. 이들의 특징은 나머지의 벌금을 내면 언제든 바로 나간다는 것이었는데, 한번은 저녁 배식 중에 누군가가 나가게 되었다. 교도관이 출소하라며 문을 열자 그는 벌컥 화를 내며 "이왕에 밥이 나왔으니 좀 먹고 나갑시다"라고 해 나를 놀라게 만들기도 했다. 아마도 그 시간에 바깥세상으로 간다는 건 그에게는 저녁을 굶어야 한다는 것일지도 모른다는 생각이 들었다. 그들은 언제나 많은 양을 좋아했다. 그래서 나는 언제나 배식의 양과 씨름했고 밥을 더 얻으려고 다른 사동에서 구걸하는 일을 마다하지 않았다. 교도소 내에서조차 외면받고 무시당하는 노역수들의 틈에 끼어 두 달을 보내면서 나는 내 삶을 위한 새로운 공부를 시작했다. 그리고 그 공부는 그동안 전혀 내 눈에 보이지 않고 귀에 들리지 않던 것들이 들리는 것에서 시작되었다. 마침내 그 노역수들로부터 배울 만한 게 있다는 사실을 알아버린 것이다. 그리고 많은 시간이 지났음에도 잊지 못하는 얼굴들이 생겼다. 그들에게 이전에 전하지 못했던 감사를 이제야 전하려 한다.

2012년 여름의 나는 징벌동의 도우미였다. 징벌동은 말 그대로 구치소 안에서 규정을 위반하여 벌을 받는 곳이며 자체적으로 재판과 같은 절차를 거쳐 최장 40일까지 징벌을 집행하지만, 거물(?)들의 경우에는 이것저것 항목을 추가해서 눌러 앉히기도 하는 곳이다. 성동구치소의 유명인사 혹은 거물들이 기거하는 장소인 것이다. 징벌 사동은 22개의 한 평짜리 방이 도열해 있고 철문에는 배식구가 뚫려있어 그 구멍으로 밥을 받아먹기도 하지만 그 구멍은 또 고독한 그들이 옆방과 대화하는 대화 창구가 되기도 했는데, 그 대화는 주로 저녁에 이루어진다. 내용도 없는 대화가 그토록 절실할 수 있다는 게 신기하게 느껴졌다. 가끔 그들의 대화가 방 몇 개를 건너뛰어 이루어지면 교도관의 짜증 섞인 한마디쯤은 감수해야 했었다.

긴 복도
도열한 슬리퍼 위로
늦여름 비를 뚫고 나온 노란 햇살이
눈물로 흐른다

한 평짜리 징벌방 안에서
낯선 얼굴들의 서툰 대화로
긴 하루가 저물어간다

나는 다시 밥을 주고
일곱 시 삼십 분이면 어김없이 이불을 준다

그리고 나무토막처럼 잠이 든다

감옥 안에서 그들은
그렇게 작은 감옥에 산다

창살 너머 어둠이 복도로 넘치고
침묵은 슬리퍼 위에 슬픔으로 남는다

하루가 갔다
나의 하루도 그들의 하루처럼 갔다

- 「징벌동에서」 전문

가끔 비참하고 참담한 모습을 보게 되기도 한다. 발목에는 사슬을 걸고 손에는 수갑을 차고 머리에는 가시 면류관보다 더 아픈 것들을 하고 진정실이라고 이름 붙여진 곳에 홀로 쓰러진 사람에게 마치 먹이 같은 밥을 배달하는 것도 내 몫이었다. 그리고 그럴 때마다 그 고통이 온전하게 나에게로 전달되었다. 그 해, 그 뜨거웠던 여름에 나는 그들과 함께 아팠다.

성동에는 사동을 담당하는 도우미가 50여 명쯤 된다. 그리고 그들은 모두 한곳에 모여 생활하며 각 방에는 일고여덟 명 정도가 퇴근 후에 시간을 함께한다. 이들에게 휴일은 당연히 없다. 그것은 일주일에 7일을, 1년에 365일을 일한다는 의미이다. 물론 토요일, 일요일의 일이 수월하기는 하지만 우리가 없으면 밥 줄 사람도 없는 것이기에 우리는 하루 12시간 정도를 꼬박 담당 사동에 붙어 바삐 움직여야 했다. 그렇게 일을 하고 지친 몸으로 방으로 오면 대개는 TV 앞에서 토론을 벌이거나 과자와 오징어를 놓고 스트레스를 풀기도 하는 것이 일과의 전부였다. 그리고 언제나 아침 여섯 시 삼십 분이면 출력을 나가고.

절망은 서서히 나를 일으켜 세우게 되었다. 왜냐면 나는 나 자신이 밑바닥에 도달했음을 인지했기 때문이다. 여전히 늪에서 빠져나오지 못한 상태였지만 적어도 몸을 가눌 수 있었고 호흡의 방법을 터득해 가고 있었다. 기억과 달리 하늘은 언제나 작은 직사각형으로 건물과 건물 사이에만 자리 잡고 있었다. 여전히 밝게 빛나고 있었지만, 그 하늘은 이제 내게 먼 미지의 세상이 되었다. 일하는 날짜가 늘어남에 따라서 아는 사람의 숫자도 증가하고 있었다. 그리고 그 숫자의 많은 부분을 차지하고 있었던 것이 교도관들이었다. 그들의 말대로 어떤 의미에서는 평생 징역살이를 직업으로 삼은 사람들이다. 그들에게는 그들만의 독특한 커뮤니티가 형성되어 있다. 그래서 그들은 친구도 같은 직업을 가진 사람들이 대부분이었고, 술자리를 해도 그들끼리가 대부분이라고 한다. 슬프게도 그들의 직업적 특성이 '고립'이기 때문일 것이다. 고립된 나는 조금 덜 고립

된 그들과 함께하는 시간이 늘어나기 시작했고 성동구치소에서 나는 제법 오지랖이 넓은 사람이 되어갔다. 그리고 그럴수록 밖에서 있었던 소중했던 내 지인들은 하나둘씩 멀어지기 시작했다.

볼라벤이라는 이름의 태풍이 몰아쳤던 그 잊지 못할 여름이 지나갈 무렵 나는 신입동에서 일을 하고 있었고, 이제 제법 그 생활에서 세련된 티를 내며 옛 유전자들을 참담한 표정을 한 채 방에 가두어진 그들에게 상속하고 있었다. 그리고 많은 사람들의 만류를 뒤로하고 나는 의정부를 선택했다. 성동이 어차피 재판을 위해 머물렀던 곳이라면 그 무렵이면 충분히 떠날 때가 되었다는 판단이 들었다.

한겨울같이 추웠던 가을날 나는 의정부에 도착했고 이번에는 구외 공장으로 출력을 신청했다. 징역에서의 공장일이 힘들어 봐야 얼마나 힘들까 싶었지만, 이 생활도 그렇게 호락호락한 것만은 아니었다. 물론 공장에서 일하는 것보다 사람들과 마주하는 게 훨씬 힘든 것임에는 어디에서나 차이가 없었다. 세상과 단절되어 있음으로 인해 일어나는 일들도 많았다. 특히 지기 싫어하는 마음과 얇은 지식을 동시에 가진 사람들은 상대하기 힘든 존재들이었다. 내 말을 믿어달라는 것은 종종 불교 신자에게 예수의 부활을 믿어 달라는 것보다 더 어려운 것이었기 때문이다. 그래서 별거 아닌 논쟁들은 곧장 말다툼을 지나 싸움으로 치닫곤 했다.

아마도 좁은 곳에 모여 살면서 심성까지도 좁아지게 된 것이었으리라.

의정부에서는 독서의 양이 부쩍 늘어났다. 성동과 비교해서 비교적 생활의 안정을 이루었고, 그런 의미에서 아마도 나는 무사히 새로운 환경에 안착한 것이었으리라. 돌이켜 보면 이것은 정말로 큰 다행이었다. 한곳에 정착해 있다가 새로운 곳으로 옮기면 실로 엄청난 스트레스가 따를 수밖에 없다. 내게도 그런 스트레스가 없었던 것은 아니지만, 예상했던 수준을 넘어서는 건 아니었으므로 감내할 수 있었고, 또 의정부가 나 자신의 자발적 선택이었기에 어떻게든 좋은 결론을 만들어가야만 했다. 돌이켜보면 결코 쉬운 생활이 아니었지만, 의정부로의 내 선택은 옳았던 것 같다. 성동에서 많은 시간이 무의미하게 흘러간 것에 비교하면 의정부에서는 꽤나 짜임새가 있는 생활을 할 수 있었기 때문이다.

이 생활은 언제나 고독하다. 그러나 불행히도 그 고독을 즐기는 것은 많은 의미에서 가능하지 않다. 사실 인간은 고독하게 홀로 죽어가는 존재라는 말에 동의하는 편이다. 오래도록 고독이란 단어는 적어도 나에게 있어선 쾌락과 다름이 없었다. 고독에는 두 가지의 유형이 있다. 하나는 통증을 동반하는 것이며, 또 하나는 즐거움을 가져다주는 것이다. 그리고 그 즐거움은 사색으로부터 기인한다.

그곳에서 유일하게 혼자 머물 수 있는 장소인 화장실은 고독함이 머무는 장소는 아니다. 그보다는 눈물의 장소에 가깝다. 홀로 있어도 사회 또는 이전의 시간과 연관 지어지는 장소이기에 고독의 장소가 되지 못하는, 즉 다른 시공이 관계하는 장소다. 징역에서 유일한 고독의 장소는 운동장이다. 그곳은 누군가가 공놀이를 하는 곳이고 누군가는 달리기를 하는 곳이며 또 누군가는 볕을 쬐는 장소지만, 내게는 고독의 시간이 머무는 장소다. 앞을 볼 필요가 없고 빨리 걸어가려고 하지 않아도 되며, 공놀이하며 시끄럽게 떠드는 소리도 내 귀에서 멀어져가면 그곳은 내게 사색의 나라가 되어 주었다.

의정부. 운동장 끝에는 꽃밭이 있다. 노란색의 이름 모를 꽃들이 피기도 하고 내 몸을 흐르는 피처럼 붉은 맨드라미가 가을을 지키는 곳이다. 그곳에는 석고로 만든 예수와 대리석으로 만든 석가모니가 언제나 함께 서 있다. 겨울이면 그들의 발아래로 운동장에서 밀려 나온 눈 더미가 가득했다. 봄까지 녹지 않던 그 큰 눈더미는 그 겨울을 버텨야 하는 우리에게 상처 같은 것이었는지도 모른다. 운동장을 돌다가 문득 고개를 들면 수락산이 펼쳐진다. 이따금 나는 그 동양화 같은 풍경에 눈길을 주며 운동장을 느린 걸음으로 빙글빙글 돌았다.

어떻게 시간이 추억이라는 단어로 가두어지는 것이 가능할까? 그 공간이 슬픔이라는 단어만으로 기억되는 것이 가능할까? 의정부는 내게 묘한 이중성을 지닌 장소이다. 그곳은 내가 가야만 하는 인생의 터널과 같은 곳이었다. 또 의정부는 내게 사색과 성찰의 장소기도 했다. 나는 그런 장소를 느릿느릿 관통하여 다시 낯선 땅으로 이동을 시작했다. 그러나 그 낯선 땅은 또 다른 의미에서의 출발점이었다. 그랬다, 나는 성동과 의정부를 거치는 생활에 대해 종지부를 찍고 결론을 내야 하는 시점에 마침내 도달했다.

천안은 무엇보다도 옆 사람에게 자리를 내어주는 곳이 아니다. 그보다는 이전의 장소와 사회를 번갈아 쳐다보며 살아가는 장소다. 따라서 천안은 그다지 많은 인간관계를 가지지 않는다. 이전의 그곳을 그리워하다가 또 금방 닥쳐올 사회에 대해 애정을 가져야 하는 곳이다. 그도 그럴 것이 대부분의 사람들이 이곳에 머무는 기간은 6개월 전후이며, 내 경우에는 4개월에도 미치지 못하고 사회로 나가게 되었다. 천안은 이미 살 만큼 다 살고 출소를 앞둔 사람들이 모여드는 그런 장소다. 거기에 형의 길이가 3년 이상인 사람들로만 운영이 되다 보니 징역의 길이가 10년 이상인 사람들이 수두룩하다. 길게는 거의 20년까지도. 그리고 그렇게 형이 긴 사람들의 죄목은 다 같은 것이었으며 그들은 잘 견디고 살아서 천안까지 오고 오랜 세월 손꼽아 온 그날이 오면 전자발찌 하나 차고 사회로 힘차게 다시 발을 들여놓는 것이다.

나는 지금 지루했을, 그래서 통증을 느꼈을 내 징역살이의 끝자락에서 출소를 며칠 앞두고 이 글을 쓰고 있다. 그리고 이 시간들이 내 인생에서 어떤 의미였는지 해석하려고 애쓴다. 처음에 나의 글은 분노의 심정에서 시작된 것임을 부정하지 않는다. 내게 그것은 당연한 일이었다. 그렇지만 지금에서 나는 이 과정까지도 내 인생의 부분에 포함시켜 보려고 한다. 그리고 거기에서 의미를 찾아보려고 한다. 이제 시를 쓰지 않아도 되는 생활이 며칠 후면 시작된다. 나는 다시 나의 위치로 향하는 것이다. 그리고 궁금하다. 나는 이제 세상을 보는 눈이 얼마나 달라져 있을까.

비 오는 날 3, 2021

비 오는 날 5, 2021

시는 사진이다

어느 날 잠에서 깨어보니 카메라가 사라지고 펜과 노트만 남았다고 하자. 아니면 아주 먼 곳으로, 너무 먼 곳이어서 다시 갈 수 없는 곳까지 왔는데 카메라를 잃어버렸다고 가정하자. 그런데 나는 사진가다. 표현의 욕구가 강한, 카메라가 없는 사진가다. 이 상황을 어찌할 것인가. 어떻게 사진을 찍을 것인가. 어떻게 이 눈에 보이는 생소한 그러나 충만하게 내 가슴을 적셔오는 이 오브제를 표현할 수 있을 것인가.

혼란스러운 얼마간의 시간이 지나고 나면 나는 이내 사진에 대한 새로운 정의를 내리게 될 것이다. 첫째, 사진이 카메라를 통해서만 이루어지는 것은 아니다. 사진의 개념을 좀 더 현대에 맞게 풀어낸다면 아무래도 그 의미의 폭이 더욱 넓어져야만 한다. 20세기 초 독일의 바우하우스 운동에서도 카메라가 없는 사진이 시도된 바 있는데, 지금에서는 이건 논제의 축에도 끼지 못할 것이라고 합리화한다. 둘째, 종이에 프린트된 것만이 사진이라고 하지 말자. 지금은 영상의 시대다. 영상의 다양한 방법이 시도되고 있으며 사진도 그 영상의 중심 언어로서 역할을 하고 있으니, 이 역시 문제는 없다. 그렇다면 사진의 본질은 무엇인가. 사진은 근본적으로 시간과 공간에 대한 형태다. 언제(when), 어디서(where)의 기록이며 이는 시간(time), 공간(space)으로 바꾸어 써도 문제가 없다. 그러므로 사진은 시간과 공간에 대한 기록이며 이는 시가 가지는 기본 형태와 일치한다.

어떤 기록인가? 기록인가 아니면 기억(memory)인가? 사진은 생각, 사고, 사유에 대한 기록이다. 나는 오래전부터 일기를 쓰는 습관이 있었다. 일기라고는 하지만 그날 있었던 일을 기록한 것이 아니라 그날그날의 생각을 정리하는 형식이었다. 그리고 그 일기장은 내 사진의 주된 모티브(motif)였다. 내가 일기장에 슬픔이라는 단어를 쓰면 그날 내 사진은 슬픈 것이었고 내가 고독이라고 쓰면 그 무렵의 내 사진은 그 연장선에서 만들어지는 것이었다. 물론 이는 내 나름의 노력이었으므로 완성도를 얘기하는 건 아니다.

사진은 분명 기억이다. 그리고 그 기억은 가슴으로부터 토해지는 것이어야 한다. 그로 인해서 사진은 거짓이 아닌 참으로써 내적 경험(internal experience)을 토대로 한다. 내적 경험은 감정으로써의 경험이며 이는 생각 혹은 사고에 의존한다. 또 이는 외적 경험에 대한 주관적 판단일 수도 있다.

사진은 시일 수 있으며 시는 사진일 수 있다. 이 둘은 서로 포함의 관계에 있는 것이 가능하다. 사진이 시일수도 있다고 처음 판단한 것은 마이너 화이트(Minor White)의 사진을 처음 접했을 때였다. 그의 사진에는 분명 언어로 환원되는 시의 느낌이 있었으며, 그의 언어는 지상이 아닌 심연으로부터 울려오는 소리와 같은 것이었다. 두 번째로 사진에서 시의 느낌을 받은 것은 조셉 쿠델카(Josef Koudelka)의 작품 이미지들이었다. 이것들은 앞서 말한 마이너 화이트의 반대쪽에 있다는 느낌이 들었다. 그의 언어들은 철저하게 지상에 존재하며 서러운 인간의 노랫말과 흡사한 것이었다. 이 두 사진가의 사진들은 분명히 시로써 환원되는 것에 공통점을 가지고 있다고 거듭 느꼈었다.

요즘의 나는 종종 시를 쓴다. 나는 결단코 나의 시가 언젠가는, 누구에게는 사진으로 환원되어 보이기를 바란다. 나는 사진가이기 때문이다. 내가 사진가라는 이유로 나는 추상의 단어를 시로 쓰지 못한다. 눈에 보이지 않는 것도 시로 환원시키는 것에 애를 먹는다. 예컨대 사랑, 행복, 슬픔을 바로 시로 쓰지 못하고 대신에 사진이 그러하듯이 다른 대상을 선택하여 그것을 표현해낸다. 예를 들어서 여름 장마철에 드러난 햇살을 통해 슬픔을 표현할 수 있는 것이며 이 표현의 양식은 사진과 시가 동일하다. 그래서 시는 사진이다. 그러므로 카메라를 가지고 있지 않아도 나는 사진가다.

유치장의 기억

지금까지의 모든 글 중에서 가장 쓰기 힘든 글을 시작하려고 한다. 글로서뿐만 아니라 내 머리에 저장되어 있는 모든 기억 중에서 가장 지워버리고 싶은 것 또한 이것이다. 나는 언젠가는 이것이 머릿속에서 비워지길 바라며 그래서 아이러니하게도 이를 글로 남기려 한다.

처음으로 수갑이라는 것을 차 보았다. 경찰은 그것이 요식행위라고 표현했지만 그건 고난을 의미하고 있음을 그때야 눈치챘다. 유치장은 중앙에 책상과 텔레비전이 놓여있는 것을 축으로 7~8개의 방이 있는 듯 보였고 부채꼴로 되어 어느 방이나 중앙 책상에서 감시가 용이하도록 설계되어 있었다. 방은 그다지 크지 않았고 맨 안쪽에는 하단부만 가려지는 지저분한 화장실이 있고, 그곳 어디에도 창이 없어서 우리는 시간으로만 밤인지 낮인지를 인지할 수밖에 없었다. 어느 위치에서도 경찰의 눈을 피하는 것이 불가능했지만, 그건 내게 이미 중요한 것이 아니었다. 나는 엄청나게 큰 망치로 머리를 가격당한 충격에서 헤어 나올 수가 없었다. 그런 상황에서도 구걸하는 음식처럼 생긴 것들이 하루에 세 번씩 꼬박꼬박 나왔지만 나는 먹을 수 없었고 화장실을 볼 수도 없는 날들이 계속되었다.

전면이 길게 늘어진 쇠창살이었는데 나는 가끔 앙리 카르티에 브레송이라는 사진가를 떠 올렸다. 그의 유명한 사진 중에 쇠창살 사이로 빠져나온 다리와 팔이 보이는 사진이 있었는데 사진은 아마도 이런 환경에서 찍은 것이라는 생각이 들었다. 그리고 나는 이제 그 사진의 주인공이 된 느낌이었다. 공중에는 방안을 비추는 거대한 조명이 달려있었고 유치장의 모든 것을 다 드러내려는 그 조명 아래서 낮은 자세를 취하거나 눕기를 반복했다.

어디에도 밖을 볼 수 있는 곳이 없어서 숨이 막혀왔다. 멀리 본다는 것이, 세상을 본다는 것이 얼마나 좋은 것인 줄 그때 처음 알게 되었다. 오직 한 곳 희망의 장소는 샤워장이었다. 청소하지 않아서 더러운 그곳은 창이 하나가 있었고 초록색 나무 몇 그루가 보였고 비 오는 소리가 들렸다. 하루에 단 한 번만 사용이 가능한 그 장소에서 나는 최대한 시간을 끌어가며 몸을 씻는 흉내를 내고 있었다.

고통을 피하려고 책을 읽기 시작했다. 그렇지만 내용은 하나도 내 머릿속에 머물지 못하고 그냥 시선만 책에 고정되어 있었다. 경찰관에게 TV를 켜 달라고 하고 그냥 멍하니 그걸 응시하는 시간이 늘어나기 시작했다.

며칠이 그렇게 흘렀다. 구내식당에서는 먹든 말든 상관없이 70년대식 노란 양은 도시락에 담긴 밥이 시간만 되면 계속 올라왔다. 나는 계속 밥을 먹지 못했다. 안 되겠다 싶어서 사식을 넣어달라고 부탁을 했다. 사식은 그 내용이 같지만 한 끼에 3,500원을 내면 맛없는 김과 달걀부침이 더해져 나오는 것이었다. 며칠 굶는다고 죽는 것도 아니고, 어쩌면 죽음이 이보다 더 편할 수도 있겠다는 생각이 들기도 했지만 그래도 그 달걀부침을 꾸역꾸역 입속에 밀어 넣기를 반복했다. 친구들과 가족이 교대로 와서 나를 위로하고 돌아갔지만 힘들고 힘 빠지는 것에는 변화가 없었다. 단지 사실이라는 게 있으니, 이것도 금방 지나갈 것이라는 게 유일한 희망이었다.

잠을 자는 것은 고통으로의 또 다른 여행이었다. 잠이 들면 한참을 자고 일어난 것 같은데 고작 10분이 흘렀을 뿐이었다. 그것이 수없이 반복되어야만 하루가 지나가는 것이 되었다. 가끔 단골로 보이는 술에 취한 사람이 밤새 난동을 부리면 그걸 핑계 삼아서 밤을 뜬눈으로 보내기도 했다. 종종 새로운 사람이 방으로 오면 우린 동족이기에 10분도 지나지 않아서 친한 이웃처럼 변해버린다. 그리고 그들의 이야기를 들었다. 서로가 서로에게 위로이기는 했지만, 가끔 프로들도 들락거렸다. 그럴 때마다 나는 새로운 세계를 탐험하기도 하고 너무 우스운 세상을 경험하기도 했다. 그리고 세상의 바닥에서 어렵게 생활하다가 생활고 때문에 여기에 당도한 사람들도 만났다. 중국집 배달을 하는 젊은 사람도 그때 알았다. 그는 밀린 급여 29만 원을 받으려고 사장을 만나러 갔다가 목소리가 커지고 기물이 망가져 45만 원의 벌금을 갚으려고 여기 왔다. 그리고 5만 원씩 9일을 살고 나가는 처지가 되었지만, 나가면 또 그는 먹고사는 일에 바로 직면해야 한다고 한다. 그러고 보니 그의 걱정은 여기의 현실이 아니라 자유로운 몸이 되었을 때 전개되는 그것이었다.

옆에 있는 대부분의 사람들이 3일 정도면 교도소로 떠났지만 나는 알 수 없는 이유로 9일간이나 그곳에 머물렀다. 종이컵 한 개를 가지고 9일간 사용하고 행주만 한 크기의 하얀 수건 한 장으로 9일간 샤워를 했다. 내게 유치장의 모습은 후진국의 전형을 보는 것 같았다. 아마 오랜 세월 동안 바뀌지도 않았거니와 바뀌기를 거부해온 모습이 그것일 것이다. 여기 유치장 사람들 중에는 불구속으로 나가는 사람도 있지만, 다들 재판이 진행되지 않은 상태여서 유치장을 떠올리는 것 자체가 매우 곤혹스러운 일일 테다.

하늘을 볼 수 없었던 시간, 그래서 파란 하늘이 그리운 시간을 뒤로하고 어느 날 나는 그곳을 떠나 다시 여행을 계속했다. 또 다른 미지로의 여행을.

짜장면 집에서
잠시의 소란이 있은 후
그 이십구만 원은
사십오만 원이 되어
구치소에 왔다
경찰서 유치장 삼일과
육일의 수감을 마쳐 그는
사십 오만 원을 살고 나갔다
육일이 지난 그 날 그는
얼마나 먼 세상으로 도망갔을까
도망쳤을까

–「29만 원」 전문

1947에게

나는 늘 공부한다.

내리쬐는 햇살 아래 낮은 자세를 취한 노란 민들레로부터 배우고, 이따금 불어오는 바람에 몸을 흔드는 초록의 나무로부터도 배운다.

이동할 때마다 줄 맞춰 서라는 교도관으로부터 배우고
노역사동 6번 방의 싸우는 소리로부터도 나는 배운다.

1947번이 드디어 나갔다. 나보다 열 살은 더 들어 보이는 그는 실은 나보다 세 살이나 아래였다. 그는 언제부터인가 내 나이를 알고는 항상 나를 형이라고 불렀다. 어쩌면 그 작은 공간에서도 인간은 계급과 권력을 만드는 존재인 것 같다. 초록색 조끼를 유니폼으로 입고 노역 사동에서 일하는 우리는 그들에게 상위의 계급 같은 것이었는지도 모른다. 그래서 우리들은 스스로 교도관과 수용자의 중간에 있는 양 착각하며 생활하게 된다. 그리고 도를 더해 전횡을 일삼기도 한다. 그들이 방안에 고립되어 있을 때

적어도 우리는 복도를 오가며 일 처리를 하다 보니 그곳에서도 갑과 을의 관계가 생겨난다. 때로 횡포나 비리로 변질되기도 했지만 좀처럼 그것을 시비 거는 사람은 없다. 교도관 입장에선 우리를 대리로 내세우는 것이 필요했고, 방안의 그들은 불평이나 하소연이 더 큰 불이익으로 전화되기도 한다는 최소한의 공식을 터득하고 있었기 때문이다.

1947번은 음식을 씹을 수 있는 치아가 거의 없다. 젊은 나이에 어떻게 그렇게 부실해졌냐고 묻는 건 별 의미가 없다는 것을 알기에 그러려니 하고 넘겼다. 그는 배식이 시작되면 언제나 나에게 반찬의 국물을 따로 더 달라고 요구했다. 예를 들면 김칫국물이나 고추장아찌 국물 같은 걸 따로 달라는 식이었다. 대개는 귀찮다는 듯 그냥 넘겼는데, 그때는 그것이 그의 생존과 연관된 문제라는 걸 미처 생각지 못했다. 그저 주어진 작은 권력에 충실할 뿐이었다.

그의 이름을 빤히 알고 있었지만 나는 언제나 그를 1947번이라고 불렀다. 그리고 하루 오만 원에 해당하는 시간들을 잘 버틴 그가 드디어 출소했다. 여름이 시작될 무렵 오후의 햇살이 뜨겁게 복도를 달구던 날이었다. 그가 나에게 와서 울먹이며 그동안 고마웠다고 내 손을 잡았을 때 나는 한없이 부끄러워 고개를 들지 못했다. 그렇게 그가 세상으로 나갔다.

구치소를 나간 다음 날 그는 방에서 함께 지내던 사람에게 면회를 와

몇만 원의 돈과 영치물인 주스와 김 등을 놓고 갔다. 그리고 다음 날도 그는 똑같이 면회를 왔다. 나는 그에게 안부를 전하고 이젠 그만 오고 잘 살라고 전했지만 부끄러웠다. 하지만 그가 나의 스승이었다는 사실을 그때는 알지 못했다.

도심에서 멀지 않은,
개발되지 않은 뒷골목처럼 좁은
노역 사동의 운동장으로
잿빛 비둘기 내려앉았다.

페인트 비를 맞은 듯
낡고 높은 담장이
비둘기 크게 감싸고
그들은 흙먼지 위에 배를 깔고 누웠다.

햇살이 화마처럼 내렸고
노역수 몇몇이 싸우고 징벌방으로 떠났지만
사동으로 다시 고요가 기어들고
나는 배식을 했다.

시간이 흐르고 비둘기가 떠난 자리에

노역수들이 느릿느릿 걸음을 하고

멀리 날지 않는 비둘기가

옆 동 지붕에 앉아

느릿한 군상을 바라보고 있었다.

-「노역동에서」 전문

징벌동의 단골들

1.

수번 221. 41세.

내가 처음 본 그의 모습은 진심으로 피하고 싶은 혐오스러운 인상이었다. 게다가 가끔 이유 없이 물을 뿌리기도 하니 조심하라는 경고까지 이미 있었던 터였다. 그는 아무렇지도 않게 수시로 욕을 해댄다. 삼촌뻘쯤 되는 나에게도. 그는 정신병을 앓고 있는 환자다. 그런 이유에서 그는 이곳에 머물고 있음이 틀림없다. 아무에게나 행패를 부렸을 테니까.

내가 징벌동에서 일한 지도 한 달 하고도 보름이 지나갔다. 그 기간에 나는 그에게 적응했고 그는 나에게 적응했다. 더 이상 나에게 욕을 하지 않았고 때때로 배식 시간에 국이나 반찬을 더 달라고 요구하기도 했다. 나는 그저 있는 만큼 퍼주면 그만이었다.

그런 그의 징벌이 끝났다. 그리고 그는 운 좋게도 7동 4방의 독거실로 옮기는 행운이 왔다. 그곳으로 이동하기 전 그는 내게 건전지 남은 것이 있으면 달라고 해서 주었다. 그로부터 며칠 후 그를 볼 수가 있었다. 역시나 그는 적응하지 못해 힘들어했다. 그곳에서 한바탕 소동이 있었고 그는 허리에 쇠사슬을 차고 머리에까지 으스스한 도구를 착용하고 있는 모습이었다. 그는 통제와 억압의 대상이 아닌 보호와 치료의 대상이라고 나는 속으로만 외쳤다. "꾹 참고 빨리 나가서 이런 곳 잊어버리고 편히 살아라"라고 말하고 싶었다. 하늘에서 슬픈 비가 온종일 내렸다.

이틀 후 나는 사동 야근을 하면서 다른 수용자 문제의 참고인으로 조사실로 갔고 그곳에서 그를 다시 만날 수 있었다. 그는 조사 중이었는데 조사관을 향해 부탁의 울부짖음을 하고 있었다. "이건 내게 중요한 문제입니다. 저를 징벌동으로 보내주세요." 나는 그에게 아무런 할 말이 없었다. 정상인으로 분류되는 우리 모두는 그에게 일정 부분의 죄를 소지했기 때문이었다. 아마도 잠시 후면 그는 보호장구라는 명목의 기구들을 차고 손이 묶이고 머리를 조이며 고통스러운 잠자리에 들겠지.

8월 24일, 그는 그가 원하던 대로 징벌동 18방에 수감되었고 며칠 평온해 보이는 듯했으나, 이제 그는 서서히 다른 곳으로 이동할 준비를 해야 한다. 기결수가 되어 낯선 곳에서 많은 시간을 보내야만 하는 것이다. 그런 그가 안쓰러웠다. 언젠가 영치금이 하나도 없다고 했던 말이 생각났다. 나는 그에게 내가 쓰던 싸구려 스킨, 로션, 의류대(옷가방)를 주었다. 그리고 그는 인사도 나누지 못한 채 다른 사동으로 옮겨졌다. 이것이 그와의 마지막이었다.

2.

최철환(가명)과 최순석(가명)이 드디어 징벌동을 떠나는 날이었다. 그 둘, 이른바 양 최 씨는 이곳 성동의 1,500여 명의 수용자 중 가장 유명하기로 순위를 다투는 사람들이다. 최순석의 경우는 이미 이곳 성동에만 22번째 들어왔다고 하니 그의 인생에서 성동구치소는 집과 크게 다르지 않을 것이란 생각도 든다. 며칠 전 그는 나와 함께 일하는 사동 도우미를 폭행해 현장에 있던 나는 자술서라는 것을 쓰게 되었다. 그렇지만 이곳 생활을 너무나 잘 터득해버린 그는 이내 사과를 시작했고 결국 우리는 그걸 받아들일 수밖에 없었다. 그리고 나와 동갑내기인 그가 거듭 내게 사과를 하며 사동을 떠나는 그의 모습이 모래 알갱이처럼 작아 보였다.

최철환, 그는 이미 오래전부터 내가 아는 인물이다. 미결수 시절에 같은 사동에서 지냈기 때문에 수시로 그와 마주쳤고 가끔은 안돼 보였기에 빵과 과자 커피 등을 제공해 주곤 했었다. 그러나 그때의 모습은 이제 온데간데없이 사라져 버리고 성동의 아픈 치아로 변신했다. 징벌 사동에서 나를 처음 본 날 그는 환호했지만, 머지않아 내게도 욕설과 분노를 드러냈다. 그럴 때마다 나는 배식 시간에 국 건더기를 조금만 주는 등의 소심한 복수를 했다. 그는 8월 5일 출소한다. 그런 그가 오늘 내게 한 말은 "나가면 면회 올게"였다. "미안하다, 최철환. 면회는 오지 말고 다시는 이곳에 오지 않기를 기도해줄게."

초코파이

이름에서도 알 수 있듯이 초코파이는 초콜릿 파이를 줄여 만든 고유명사 혹은 브랜드의 이름일 것이다. 어느 날 한국의 공장에서 태어난 그것이 세계 각지에 수출되어 엄청난 양을 팔고 있다니 놀랄 일이기는 하다. 물론 개성공단의 어린 노동자들을 통해 북한의 고급 음식이 되었다는 확인되지 않은 사실이 전해지기도 한다. 어쨌거나 이 음식은 파이라고 하기도, 빵이나 과자라고 하기도 애매한 구석이 있다.

초코파이의 추억은 대개 군대를 갔다 온 남자들에게서 많다. 그러고 보니 군대에서 즐겨 먹었던 기억이 있다. 야외훈련의 필수 지참물이었으니 나 또한 초코파이 추억의 공유자일 것이다.

이처럼 초코파이가 환영받는 이유는 달콤한 맛을 넘어 몇 가지가 더 있다. 첫째는 보존성. 그 뜨거운 여름 배낭에 넣어 걷고 또 걷는 훈련 중에도 비록 으스러져 있기는 해도 상해서 버린 적은 없었다. 그 무렵 나도 다량의 방부제를 섭취해 좀체 상하지 않는 신체를 가진 것인지도 모르지만. 또 하나의 이유는 저렴한 가격. 아무래도 그 두 번째 이유로 인해 구치소에서도 허기를 때우는 대표 음식이 되었으며, 각 방마다 몇 상자씩은 비상식량이라도 되는 듯 선반을 차지하고 있었을 것이다.

김일영(50세), 그는 하루 5만 원의 벌금을 메우는 노역수로 성동에 왔고 소란 등의 행위로 오랜 시간 징벌동에 머물렀다. 나이가 많이 들어 보이는 그는 정말 시끄러운 존재였다. 심지어 배식을 받을 때도 그는 고맙다, 수고한다, 맛있어 보인다, 표정이 왜 그러냐 등 열댓 마디쯤은 해야 밥이 들어가는 그런 사람이었다.

징벌동 초반에 그도 보호장구(?)라는 것을 착용한 적이 있다. 정말이지 그는 야위고 작은 체구로 인해 그 도구가 가장 어색해 보이는 사람이었다. 그렇지만 그도 고통을 느꼈을 터라 한번 그러고 나면 며칠은 잠잠해지곤 했다.

하루는 누군가가 그에게 면회를 왔다. (이곳에서 면회의 공식 명칭은 접견이지만) 그리고 다음 날 무려 15박스의 초코파이가 그의 접견물로 들어왔다. (면회객이 접견물로 이곳에서 판매하는 물건을 넣어 주면 통상 다음 날에야 본인에게 전달된다) 그러니까 그는 180개의 초코파이를 소유한 사람이 되었다. 사실 그는 면회자에게 자신의 나머지 벌금을 대신 내게 해서 이곳에서 나가는 것이 목적이었다. 그러나 그 면회객은 벌금 대납 대신 15박스의 초코파이를 선택했던 것이다. 그는 분명 곧 이곳에서 나가게 되리라 생각하고 있는 듯 보였다. 참고로 노역수의 경우는 노역일수만큼의 벌금이 감해지고 나머지의 벌금이 납부될 경우 언제든 즉시 석방된다.

어쨌거나 그 초코파이는 그의 든든한 무기였고 유세의 빌미가 되었다. "내가 내일 벌금 다 내고 나가니까 이것 다 줄게"라든지 "소지(사동 도우미) 배고프면 내 초코파이 가져다 먹어" 등 그의 초코파이는 다양하게 이용되었다. 그리고 하나둘 초코파이는 줄어들었다. (물론 나는 그것을 취한 적이 없지만) 그리고 초코파이가 줄어가는 만큼 시간도 흘러갔지만, 여전히 그는 사동에 남아있었다.

한참 지난 어느 날 교도관이 그의 방을 열었다. "김일영 출소"라고 외치며 철커덕 철문이 열렸다. 많은 날이 지나서야 누군가가 그의 나머지 벌금을 내준 것이다. 처음 이곳에 와서 아무에게나 밖으로 전화해 달라며 생떼를 부리고 곧 나갈 것 같던 그가 20여 일이 지나면서 자연스레 포기의 과정을 밟아가던 중이었다. 그런데 갑자기 그가 분노하기 시작했다. 그 분노는 자신을 이곳에 오래 머물게 한 것에 대한 누군가를 향한 것이었다. 나는 그 누군가에게 감사하는 마음으로 조용히 나가라고 말해 주었다.

그가 없는 사동은 조용했다. 배식 구멍으로 그릇을 내밀고 콩나물, 마늘장아찌 등을 외치던 왜소한 그가 이제 이곳에 없다. 또 한 사람이 이곳을 거쳐간 것이다.

"콩나물무침 좀 더 줘요."

"없어요(나)."

"진짜 너무 빡빡하게 그러지 마."

"그것 더 안 먹어도 죽지 않아요(다른 방에서 누군가)."

"너 몇 방이니? 나중에 운동시간에 만나면 혼난다."

이제 이 말들이 사동을 떠나갔다. 마치 태풍 볼라벤이 세찬 바람을 일으키고 지나간 것처럼.

하얀아침 4, 2020

하얀아침 5, 2020

어떤 만남

서**에 대한 기억

여름이 다 지나가고 있는 8월 말의 어느 날, 태풍 볼라벤이 상륙한다고 구치소가 유난을 떨던 날이었다. 언제나 그랬듯이 나는 오후 5시에 배식을 하고 있었다. 그때 새로운 얼굴이 나타나 11번 방으로 들어갔고 나는 그릇 두 개와 수저를 준비해 밥을 주었고 그는 비교적 공손하게 그것을 받아먹었다.

수번: 1426 서**(42세). 그가 드디어 내 앞에 나타난 것이다. 여러 번 신문에서 보고 이리로 올 것이라고 알고는 있었지만, 막상 내가 그에게 밥을 퍼주는 입장이 되다니. 그는 얼마 전 전자발찌를 부착하고 주부를 강간하려다 살해한 죄로 여기에 오게 되었다.

그는 이미 13년이나 옥살이를 했다고 한다. 아마도 이번이 그 전체보다 더 길어질 것이지만, 그는 출소한 지 6개월 만에 다시 징역살이를 시작한 것이다. 비교적 작고 호리호리한 체격의 그는 13년의 경력이 증명해주듯 바로 이 생활에 녹아드는 듯 보였다. 도착한 다음 날 그는 곧바로 구매목록을 달라며 면도기, 시계 그리고 어딘가에 소식을 전하려는지 편지지와 편지봉투, 숙면에 필요한 수면안대까지 다양하게 경력자의 구매력을 보여 주었다. 그리고 저녁 무렵 그는 내일 검찰에 출정이 예정되어 있으니 구매장을 미리 써주고 가겠다며 빵, 우유, 음료 그리고 속옷, 반바지, 양말, 의류 가방 등 그야말로 프로답게 살 준비를 착착 진행해 가고 있었다.

그의 등장으로 인해 성동구치소의 모든 시선은 그에게 쏠리게 되었고 혹자는 밥도 주지 말라고 했지만 그건 내 권한이 아니었다. 그냥 내게는 또 하나의 문제아 이외에는 아무것도 아니었기에. 아직 그는 이곳에서 그의 정체를 드러내지 않고 있다. 어제 날짜의 일간지 1면을 장식한 그의 교활함이나 경찰을 당황하게 만들던 그 당당함도 아직은 보이지 않았다. 하지만 간혹 내게 미소를 흘리고 빵과 우유를 주문하는 모습에 나는 당혹감을 느꼈다.

그로부터 며칠 후. 저녁 식사를 마치고 평상시처럼 잔업 대기를 하며 책을 뒤적이고 있었다. 그러나 나는 그날 책을 읽을 수가 없었다. 대신 2통의 자술서를 쓴 날이 되었다. 더불어 그는 머리에 기구를 하고 양손을 묶이는 신세가 되었다. 한 번의 소란이 있은 후 또 한 번의 소란이 다시 더해져 그나마 자유롭던 두 다리까지도 쇠사슬에 묶이게 되었다.

어찌 보면 그를 묶은 것은 아마도 그 자신이었는지도 모른다. 죄가 문제가 아니라 경찰서에서의 행동들과 이곳에서의 당당함이 그에게 다른 형태의 형벌을 가하게 된 것인지도 모를 일이다. 잔인한 죄를 짓고 태연하게 생필품이나 구매하는 것이, 또 경찰서에서 원두커피를 달라는 뻔뻔함이 사람들을 분노하게 만드는 요인은 아니었을까.

어쨌거나 그는 쇠사슬을 끌며 느린 걸음으로 방을 향했고, 나는 쇠사슬이 복도 시멘트 바닥을 긁어대는 소리를 들어야 했다. 그 소리는 흡사 십자가 지고 골고다 언덕을 오르는 예수보다도 느릿느릿 내 귓가를 맴돌았다. 복싱선수처럼 머리에 보호장구를 쓴 그에게서 그날 처음 매서운 눈매를 나는 보았다.

나는 그냥 사동 도우미다. 그 이하도 이상도 아닌, 그런데 참 이상한 감정을 요 며칠 가지고 있었다. 이성적이어야 하지만 감성적으로 변해 있었다. 이곳에 온 이후 여러 사람에게 동정심을 가졌던 것이 사실이긴 하다. 적어도 이론상 동정의 대상이 아니었던 사람들에게조차도 그랬다. 그날 9월 3일 그 소란이 있은 다음, 나는 그들에 대한 동정심을 어느 정도 거두어들였다.

사실 그날 나는 어느 정도 그를 진정시키는 게 가능했었다. 그런데 나는 철저하게 무관심으로 대응했고 그냥 비겁한 하루를 살아버렸다. 그는 마침내 자신을 드러내 보이기 시작했다. 당연하게도 그에겐 가혹한 시간들이 이어졌고 나는 눈을 감을 수밖에 없었다. 나는 그날 그의 운명을 보았다. 한 사람의 생이 개선의 여지 없이 정해져 버리는 것은 슬픈 일이다.

그와 맺은 인연은 9월 5일 내가 사동을 옮기면서 끝이 났다. 나는 겨우 2주 정도 그와 만났고 그에게 밥을 주고 이불을 주는 일을 했다. 가을이다. 하늘이 점점 더 멀게 느껴진다. 곧 들이닥치듯 겨울이 올 것이다. 혹독한 추위와 또 씨름해야 하는 날들이 다가오고 있다.

시간이 흐르고 나는 의정부에 와서 신문을 통해 그를 다시 보았다. 신문에는 옆모습만 나왔지만, 그 윤곽은 어느새 내 기억을 더듬고 있었다. 그를 보면 몇 가지 떠오르는 것이 있다. 첫째는 그날 밤의 교도관이었다. 눈매가 무서워 그와 비슷해 보였던. 또 하나는 내가 쓴 2통의 자술서였다. 그리고 마지막 하나는 머리에 채우는 보호장구다. 도대체 누구를 보호한다는 것인지…. 아무튼 그가 고통스러운 시간을 보내게 된 데에는 그 교도관과 교도관의 눈치나 봐야 하는 나의 탓도 있었을 것이다.

신문은 그에게 사형이 구형되었음을 알렸다. 죽은 이 남편의 한마디 한마디도 신문에 그대로 실렸다. 훗날 그에겐 무기징역이 선고되었다. 삶은 순간에 지나지 않는다. 독일의 철학자 하이데거는 "죽을 자들"이라고 인간을 표현했다. 죽음에 대한 망각을 피해야 한다는, 메멘토 모리와 같은 의미는 아닐는지. 그런데도 우리는 영원히 살 것처럼 행동한다. 그는 누군가의 생명을 훔쳤고 또 지금은 그로 인해 자신의 생명마저 버리는 것에 비견되는 죄를 스스로에게 짓고 있다. 인간은 참 미욱한 존재다.

오늘의 그 신문이 유난히 무겁다. 마치 창밖에 내리는 11월의 비처럼.

징벌동의 K씨에 대하여

1964년생. 지시 불이행. 기간: 2012년 8월 2일부터 8월 15일까지.

6동 하층 10번 방의 커다란 문패에는 그렇게 적혀있었다. 사실 그는 이곳 징벌동의 오래된 단골 고객이다. 그렇지만 여타의 단골들과는 달리 그는 단 한 번도 큰소리를 낸 적도 없고 그곳에서 일하는 나에게 시비를 걸어온 적도 없었다. 아니 그는 지나칠 정도로 조용하고 늘 입가에 미소를 머금은 채 살아가고 있었다. 그런데 자세히 보면 그는 조금 다른 면이 있다. 신체적 이유인데 그는 목이 심하게 뒤로 젖혀져 있다.

알게 모르게 인간은 이미 오래전에 획일화 과정을 겪고 난 존재들이다. 그런 인간들이 나와 다른 존재를 인정한다는 것은 그리 만만한 일은 않을 것이다. 더구나 이곳에서는 그렇게 호락호락한 문제는 아닐 것이다. 그랬다. K씨가 이렇게 작은 방에서 여럿이 함께 생활한다는 건 힘들 수밖에 없다. 그의 남다른 측면은 획일적 동물인 인간에게는 밀어내기에 적합하기 때문이다. 그 또한 그 사실을 너무나 잘 알고 있었고, 그건 반복

학습의 결과였을 것이다.

오늘, 2012년 8월 15일 광복절. K씨의 징계가 풀리는 날이다. 그는 점심을 먹고 아주 간단한 짐 보따리를 들고 징벌동을 빠져나갈 것이다. 그리고 대략 2시간 후에 그는 다시 나타날 것임을 나는 안다. 그러면 그는 입실 거부 또는 지시 불이행이라는 죄명으로 다시 새로운 징벌을 시작하게 된다. 이 광복절 날에.

6동 바로 아래쪽에 있는 7동은 독거동이다. 징벌동과 동일한 구조를 하고 있지만, 거긴 많이 다르다. 방에는 선풍기가 있고 텔레비전을 시청할 수 있으며 사소한 일들에 제한이 없고 매일 한 시간씩 운동도 한다. 그러나 결정적으로 다른 건 그들은 보이지 않는 무언가가 있으므로 그런 호사를 누린다는 사실이다.

징벌동의 K씨는 독거실에 머물러야 하는 충분한 이유가 있다. 사실 그 이유는 그에게 있는 게 아니라 그를 포용하지 못하는, 나를 포함해 이기적 유전자를 지니고 태어난 존재들에 있는 것이다. 그가 징벌을 이유로 독거실을 쓰는 것 외에 다른 대안은 없어 보인다. 여기가 그런 곳이니까. 사실 사람들은 그에게 별로 관심이 없다. 그보다는 언제나 말썽을 피우는 이곳의 유명 단골들에게 더 관심을 갖는다.

조금 전 나는 K씨의 방을 다녀왔다. 그릇과 방에 있는 도구들을 정돈해 놓으면 징벌을 당하고 올 때 다시 그 방에 그대로 가져다주겠노라고 말했다. 그가 웃었다. 그리고 다시 그 해맑은 미소와 함께 내게 말했다.

"고마워요."

광복절이다. 이제 미화원들이 잘라낸 풀 위로 굵은 비가 내리는 여름의 내리막이기도 하다. 밖이 어두워지고 그 어둠의 비가 내 가슴을 파고든다. 독립운동을 하셨던 내 할아버지, 이미 40년 전에 돌아가신 할아버지가 눈에 선하다.

물고기와 사동 도우미

몇 년 전에 사하라사막을 다녀온 적이 있다. 사하라사막은 너무 광대하니까 아무래도 정확한 위치를 말하는 편이 좋겠다. 이집트의 카이로에서 버스를 타고 중간에 내려 다시 허름한 터미널이 있는 도시에서 그 나라의 역사처럼 오래된 버스로 다시 갈아타고 다섯 시간 사막길을 따라 달리면, 그러니까 출발에서부터 12시간쯤 후에 닿을 수 있는 사막이 바로 이집트에서 가장 큰 오아시스인 시와(Siwa) 오아시스다.

시와 오아시스는 그 역사만큼이나 둘러볼 곳이 많은데 특히 700년 된 흙집으로 이루어진 샤리는 거의 방치 상태임에도 아름답기 그지없다. 이집트의 마지막 파라오였던 클레오파트라의 기록들이 이곳에는 다양하게 있다. 아무튼 그 시와 오아시스라는 곳은 독특하게도 사막 한가운데에 작은 도시의 규모를 갖춘 곳이었다.

며칠을 시와에 머물면서 내가 가장 강하게 충격을 받은 곳은 몇천 년 된 유적지도, 샤리도 클레오파트라의 그 장소도 아니었다. 오아시스에서는 사파리 관광이 많이 하는데 여기서 사파리는 동물이 있는 곳에 접근하는 것이 아니라, 그냥 무한대로 펼쳐진 사막을 사륜구동차로 모래와 바람을 가르며 여행을 말한다.

나는 사진작가인 관계로 단체 여행을 할 수가 없었다. 왜냐면 툭하면 차를 세워 놓고 한참 동안 사진을 찍기도 하고 걷기도 해야 해서 다른 사람에게 피해를 주기 때문이다. 앞뒤 바퀴의 바람을 절반쯤 뺀 그 사륜구동차는 모래 언덕을 툭툭 치며 잘도 나아갔다.

한참을 그렇게 달리고 서기를 반복하다가 운전기사가 데려다준 곳에서 나는 믿을 수 없는 광경을 목격했다. 모래와 바람만 있는 사막의 한가운데에 작은 연못이 있었고, 그 연못을 갈대가 감싸고 있었다. 3월의 뜨거운(3월에도 그곳은 낮 기온이 섭씨 35도쯤 올라간다) 사막 한가운데에 연못이라니. 나는 무심코 그 연못까지 걸어 내려갔고 놀라움을 넘어 경악할 수밖에 없었다. 그곳에 제법 많은 물고기가 살고 있었기 때문이다.

사하라는 오래전 바다였으며 습지를 거쳐 사막으로 변한 곳이다. 그러니까 이 물고기들도 선조에 선조를 찾아가면 습지였을 사하라가 나오는 것이다. 그 근처에는 그와 같은 마르지 않는 연못이 두 개가 더 있었다. 나는 그곳을 모두 돌아보고 꽤 긴 시간 동안 그 연못가에 머물렀다.

그 물고기들에게 사막은 존재하지 않는다. 아마도 그 연못이 물고기들에게는 우주 전체가 아닐까. 또 한편으로는 그 물고기들이 인지하지 못하지만, 연못은 커다란 어항이기도 하다. 아마도 내가 어렸을 적 잡아서 기르겠노라고 세숫대야에 가두어두었던 작은 붕어 몇 마리와 크게 다르지 않을지도 모른다. 사하라에서 나는 그때 결심했었다. 절대로 물고기를 어항에 두지 않겠으며 어떤 동물도 집에 가두어 기르지 않으리라고.

현실에선 내가 어항 속의 물고기가 되었다. 바깥세상을 인지하지 못하는 연못의 물고기였으면 차라리 좋았을 텐데 나는 그렇지가 못했다. 너무나 또렷하게 세상을 기억하는 물고기인 것이다.

1동 하층의 사동 도우미실에는 다른 곳에는 없는 특이한 것이 하나가 있다. 바로 치어들이 살고 있는 어항이다. 그리고 그 치어의 어미는 바로 옆에 계장이 근무하는 방의 어항 속에 살고 있다. 사동 도우미들은 그 어미 물고기에게도 먹이를 주고 돌본다. 가끔 한 마리씩 죽어 나가는 것은 끔찍한 일이다. 물고기를 가두는 취미를 가진 그 계장에게 타박을 들어야 하기에. 할 일 참 없는 그 계장. 1동 하층의 사동 도우미가 된 나의 첫 번째 악몽은 그 어항 속의 물고기였다. 왜냐면 그건 서글픈 나의 자화상이기 때문이다.

다음 주에는 그 물고기를 관리하던 선임자가 다른 사동으로 간다. 그러면 좋든 싫든 나는 그 두 개의 어항을 관리하는 나쁜 짓을 해야만 한다. 어떻게 하면 그 물고기에게서 벗어날 수 있을까. 요즘의 내 고민이다.

2.2평
화장실 포함

설날의 멸치 선물세트처럼
멸치가 되어 상자 속에 갇히고
튼튼한 쇠창살이 다시 상자를 덮으면
멸치는 잘 정돈되어 잠자리에 든다

상상 속에 없었던 것처럼
꿈속에서 세상은 존재하지 않는다
상자 속 세상은 현실에 있다

새벽 네 시 반
나는 잠에서 깨고
멸치로 변신했음을 눈치챈다
그리고 다시 슬픔의 강을 건넌다

–「멸치」 전문

범치기와 오뚝이

그 순결함에 대하여

나는 현재 1동 하층의 사동 도우미로 일하고 있다. 그동안 노역동과 징벌동을 거쳐 이제 이곳 신입동에서 하루 12시간을 일하고 있다. 우리의 주 임무는 사동 청소와 60~70명에 이르는 수용자의 식사 배식을 책임지는 것이지만 실은 그 외에 훨씬 더 많은 잔일들이 언제나 우리를 기다린다.

현재 일하고 있는 1동 하층은 총 16개의 방으로 구성되어 있으며 2.2평의 작은 방은 보통 4~5명으로 채워져 있다. 물론 더러는 6명이 들어가 그야말로 콩나물시루처럼 만들어지기도 하지만 이는 일상적인 것은 아니다. 그래도 2.2평에 5명은 시골 목장의 소나 돼지가 차지하는 면적보다 훨씬 더 좁은 면적임에는 틀림이 없다.

사동 도우미는 위에서 지시한 일들을 처리하다 보니 방에 있는 그들에 비해 움직이는 폭이 넓은 것이 사실이다. 그리고 그 움직임으로 인한 특권들은 다양하다. 예컨대 어떤 물품의 지급, 배식에서의 불합리한 그것들, 물품의 전달 등. 그러나 사동 도우미가 권력자로 군림할 수 있는 이유는 오뚝이를 가졌다는 데 있다.

오뚝이는 각 사동의 층마다 도우미실에 비치되어 있는 물을 끓이는 도구를 말한다. 그리고 여기서의 물은 그냥 단순히 따듯한 물이 아니다. 보통 하루에 두 번 주는 식수(취사장에서 끓여서 배수관을 통해 오는 물로 뜨겁기보다는 미지근한 물)가 들어가고 식사 전에 라면 물과 그리고 하루 세 번의 커피 물을 공급하게 된다. 그리고 그 물의 양은 전적으로 사동 도우미들의 몫이다. 그런데 어디 라면뿐인가. 닭고기를 데워 먹어야 하고 소시지와 떡갈비도 뜨거운 물이 있어야만 하는 것들이다. 더러는 커피 없이는 못 사는 사람들은 다시 우리에게 기대야만 한다. 그뿐이랴 날이 추워지면 이 온수의 위력은 그야말로 하늘 높은 줄 모르게 치솟는다. 추운 날 페트병 하나에 뜨거운 물을 채우고 그걸 이불속에 넣고 잠을 자면 그야말로 온돌 부럽지 않은 따스한 잠자리가 되기도 한다.

오뚝이의 위력은 그것에 그치지 않는다. 사동 도우미들과 끈끈한 정을 맺은 방들은 그 물로 목욕을 할 수도 있다. 그리고 무엇보다도 압권은 이 오뚝이가 때로 만능 조리기로 둔갑을 한다는 것이다. 간단하게는 계란을 삶을 수 있고 프라이가 가능하며 각종 찌개와 찜 심지어 계란빵 제작 등 요리의 종류가 참으로 다양해 이것이 속칭 빵잡이들의 요리라고 하는 교도소 음식들이다.

위에 열거한 모든 특권을 다 가졌으니 나는 얼마나 행복한 존재인가. 그런데 사실은 이 오뚝이는 물을 끓여서 나누어주는 것만 허락된 도구다. 따라서 우리는 라면 물과 커피 물만 하루 세 번 공급하는 용도 외에 사용하는 것은 허가된 사항이 아니다. 그러니 이 오뚝이를 소유한 우리에게는 허가된 권한 외에 금지된 항목들에는 위험수당까지 따라오는 격이다.

범치기는 이곳에서 통하는 고유명사로 사동 도우미들이 그들의 지위(?)를 이용해 방에서 음식 등 물품을 받는 것을 말한다. 대부분 범치기는 대가성이 있으며 그것은 이 엄청난 힘을 가진 오뚝이에서 시작된다. 나는 노역 사동과 징벌 사동 4개월을 거치는 동안 단 한 번도 범치기를 해본 적은 없었다. 따라서 오뚝이를 가지고 유세를 부릴 필요도 없었고 방에 있는 사람들과 끈끈한 유대감을 가질 필요도 없었다. 그냥 주지도 않고 받지도 않는 모범 그 자체였으니 방에 있는 그들로서는 내가 싫었을 수도 있겠다.

내가 처음 성동구치소에 입소한 이래 가장 많은 시간을 보낸 곳은 1동 하층이었다. 미결수 시절부터 청원 출력을 시작하기 전 11개월가량을 1동 하층 12방에서 머물렀으니까. 그리고 이제는 사동 도우미가 되어 1동 하층으로 컴백했고 더러 낯익은 얼굴들이 보였다. 역시나 내가 있었던 12번 방에서도 나와 함께 잠을 자던 옛 동료가 보였다.

12번 방에서 내게 먹을 걸 내밀었다. 나도 구입하니 안 받겠다는 말을 열 번쯤 반복했다. 그러자 그 옛 동료의 얼굴에 서운해하는 표정이 역력했다. 나는 고맙다며 슬며시 그가 준 것을 받아들었다. 범치기를 하지 않는 것은 내게는 지켜야 하는 순결 같은 것이었다. 그리고 나는 4개월을 지켜온 그 순결을 잃은 사동 도우미가 되었다. 그날 나는 수없이 되뇌었다. "정말로 어쩔 수 없는 거야. 이것은…."

나는 일주일에 두 번 정도 사과를 구입한다. 한 봉지에 대여섯 개가 들어있으니 두 봉지면 일주일 아침 식사로 충분한 것이었고, 나는 늘 아침 식사로 사과를 먹었다. 한여름에는 사과 대신에 참외가 되기도 하지만. 나는 아침 식사인 사과를 언제나 경건하게 줄을 맞추어 내 선반 위에 올려놓는 습관이 있었다. 그런데 어느 날 아침에 출력을 다녀오니 그 사과들이 없어졌다. 누군지 조차도 알 수 없는 야간 근무자, 그는 그것이 내 아침 식사인 것을 몰랐을 테지만 아무튼 그날 내 느낌은 그랬다, 범치기 위의 범치기는 그 야간 근무를 서는 그들이라고.

새로 온 사람들에게 쓰는 편지

제가 그때의 그 밤을 기억하지 못하는 것처럼 여러분들도 그 끔찍한 어젯밤이 이제 서서히 기억 속에서 지워질지도 모르겠습니다. 누군가가 그러더군요, 기억하기조차 힘든 일들은 인간의 뇌에 의해 선택적으로 그 기억장치에서 제외되어 가는 것이라고.

저는 먼저 이 편지를 통하여 유치장에서의 고통과 재판장에서의 청천벽력 같은 나무망치 소리와 함께 여러분 손목에 수갑이 채워졌을 충격을 위로하려고 합니다. 그리고 어제 어둠 속의 두 평짜리 방에서 뜬 눈으로 보낸 하룻밤, 그러나 그 밤이 아마도 여러분이 살아온 날만큼이나 긴 것이었음을 의심치 않습니다. 저는 지금 그 고통스러운 밤을 위로합니다.

저는 여러분에게 비누와 치약과 칫솔로 구성된 이른바 신입 세트를 나누어 주며 첫 조우를 합니다. 그리고 신입 방 안내와 주의 사항들을 이야기하고 수인과 방 번호를 여러분의 가슴에 붙입니다. 이 의식으로 인하여 이제 여러분은 자랑스럽지 않은 성동구치소의 일원이 된 것입니다.

잠시만 기다리면 이제 친절한 교도관 한 명은 카메라를 들고 나타나고, 또 한 명은 꼭 사채업자의 장부처럼 투박한 서류를 들고 나타날 것입니다. 그래서 잘 찍힌 여러분의 얼굴은 이제 법무부에 그 고귀한 이름과 함께 등재되어 꼼꼼히 기록된 여러분들의 신상도 그분들에 의해 잘 관리될 것입니다. 여러분은 잠시 후 의무과로 행진을 하게 됩니다. 이때는 주변을 너무 두리번거리지 말고 잡담하지 말아야 하며 두 줄로 잘 맞추어 가야 합니다. 의무과에서 불친절한 혹은 강압적인 그분들이 여러분의 몸속에 흐르는 피를 조금 빼어내 가져갈 것입니다. 사실 오래전에 저는 착각했습니다. 나는 이분들이 나의 건강을 챙기는 것으로 믿었으니까요. 하지만 이것이야말로 오해의 잡동사니입니다. 이들이 원하는 것은 여러분들의 DNA입니다. 이는 훗날에 유사한 범죄가 발생했을 때 이제 여러분은 최우선 순위로 의심받는 인물이 되었음을 의미하는 것입니다. 아마도 조국은 이 DNA를 안전하게 잘 보관해줄 것이라 믿습니다.

여러분은 제가 펴주는 하루 세끼의 밥을 먹게 됩니다. 입맛이 없고 머리가 아파서 아직은 밥을 먹는 것이 곤혹스러운 분들이 많은 것을 압니다. 당연하지만 걱정하지 않습니다. 인간은 참으로 환경에 적응을 잘하는 지구상 최고의 동물이니까요. 머잖아 여러분은 그날의 메뉴를 외워가며 그 맛있다는 성동구치소의 돼지고기볶음을 기다리는 자신을 보고 놀랄 것입니다. 더하여 매월 바뀌는 메뉴 통지에 색칠까지 해가며 음식을 기다리는 그런 사람이 될 것입니다.

하루에 삼십 분 사동 사이 좁은 골목길 같은 곳에서 운동을 하고 일주일에 한 번은 샤워 꼭지가 달린 곳에서 목욕도 하게 될 것입니다. 그곳은 흡사 아우슈비츠를 연상케 하지만 안심하셔도 됩니다. 물만 나오는 곳이니 여러분의 목숨을 지탱하는 것에 전혀 문제가 없습니다. 또 미결수인 여러분은 하루에 한 번은 면회할 수 있습니다. 두꺼운 아크릴이 가로막아 스피커를 통해서 듣고 마이크를 통해서 말하지만 그래도 반가운 얼굴을 만날 수 있습니다. 그런데 주의를 해야 합니다. 왜냐면 모든 대화 내용이 녹음되고 있기 때문입니다.

사실 여러분의 대부분 생활은 두 평의 공간에 갇혀 살아가야 합니다. 그리고 그 공간에서 죽은 멸치처럼 잠을 자야 합니다. 여러분은 이제 어항 속의 붕어와도 같아진 것입니다. 그곳에서 먹고 자며 또 싸우고 웃고 해야 합니다. 그리고 0.2평의 화장실에서 그릇을 씻고 목욕을 해야 합니다. 대부분의 방들이 그렇듯 그 공간은 5명 정도가 공유합니다. 그러고 보면 교정 교화라는 단어가 우습기도 합니다. 정상인이라면 이 시설이 교정 교화에 적합한지 파악해야 하는데 말입니다. 어쨌거나 풍습마저도 전해져 왔던 것처럼 또 미래로 전해져 갈 것입니다.

낮 시간에 가장 많이 하는 것은 TV 시청입니다. 법무부의 보라미 방송은 참으로 대단합니다. 모든 프로그램에서 광고는 삭제하고 보여주는데도 우리에게 시청료를 요구하지도 않습니다. 그렇지만 재미가 없다든지 채널 선택이 없는 것이 문제라고요? 그것도 안심하셔도 됩니다. TV를 재미로 보는 것은 오랫동안 사회에서 물들여진 고정관념입니다. TV는 시간을 때우기 위한 도구에 불과하다는 새로운 사실을 곧 알게 됩니다. 또 그것은 더러운 기억을 잊는 방편이기도 합니다. 오래 반복되면 그럭저럭 볼만하기도 하답니다.

이제 중요한 것은 재판입니다. 여러분은 본 방으로 가게 되면 그곳에서(어쩌면 이미 여기서 시작해버렸는지 모르지만) 선수들이 주관하여 많은 모의재판을 할 것입니다. 그리고 그곳에서 여러분의 의지는 난도질당할지 모릅니다. 그러나 걱정하지 마십시오. 그건 그들의 목소리에 불과하며 여기서 있다 보면 아는 척하고 나서는 것 좋아하는 부류가 되기도 하니까요.

정말로 1심 혹은 항소심 재판이 시작되면 이제 여러분은 그 오랜 전통을 가진 인간이 인간을 끈으로 묶는, 정확히는 묶이는 대열에 동참해야 합니다. 아마도 제가 그랬듯이 여러분은 그 줄에 자존심도 묶여야 합니다. 그리고 묶인 채 쇠창살이 있는 버스에 올라야 합니다.

그들이 내 손을 묶고
나는 자존심을 묶인다

나는 비틀거리며 버스에 오르고
직각의 의자에 앉아
창밖으로 분노의 시선을 보낸다

끌려간 동료들이
더러는 법원으로
더러는 검찰로 향하고
나도 그중 하나가 되어
하루를 살아간다

출정에서 돌아오면
내 손은 풀리지만
더럽혀진 자존심은 아직
밧줄에 묶여 잠이 든다

-「출정의 기억」 전문

분명 선량한 여러분은 때로는 보석으로 때로는 집행의 유예를 받고 이곳 성동구치소를 나서게 될 것입니다. 그러나 불행히도 많은 사람은 형이 확정되어 교도소로 떠나게 되고 또 일부는 이곳에 남아 제가 그렇듯 일을 하며 살아갈 것입니다. 인생의 아까운 시간을 보내게 되는 것입니다. 그러나 그렇다고 이곳의 시간이 다 허비는 아닙니다. 여기에도 분명 유익함이 머무는 곳이라 저는 믿기 때문입니다. 제 생각을 얘기한다면 저는 생각하는 시간이 되라고 말하고 싶습니다. 그것이 거창하게 철학이 아니어도 부디 사고하는 시간이 되어야 합니다. 밥 먹고 잠자며 달력에는 엑스표 해가며 자신을 죽여 가는 시간이 아니라 꿈을 꾸는 시간이어야 합니다. 왜냐면 그 꿈은 곧 여러분의 미래와 다르지 않기 때문입니다.

저는 여러분의 건강과 행운을 빕니다. 앞서 나가거나 혹은 조금 더 머무는 것과 관계없이 모두 소중한 시간으로 이곳 생활이 이어지기를 진심으로 바랍니다.

1동 하층의 사동 도우미가 이곳을 거쳐 가는 모든 분께.

2012년 10월 6일

낯선 밤이 지나면
좁은 방에 꾸역꾸역
어릴 적 개울가 그물에 걸린
피라미 같은 사람들로 가득

윗주머니에 꼽힌 번호표 이름이 되고
왼쪽 가슴에 그 번호 붙이며
서먹한 만남을 한다

밤으로 토해진
나의 유전자 같은 고통들

서러운 그들의 시간 속으로
늦가을 검은 하늘이 열리고
그들은 피를 뽑아내며
하루를 시작한다

-「신입동에서」 전문

2장

카메라가 없는 사진가

적단풍나무의 기억 4, 2020

Animals in the Prison

1동 하층 12방은 햇살이 들기는 하지만 창의 정면으로는 스산한 콘크리트 담이 막고 있었다. 그 담장 위에는 개나리 나무들이 줄지어있고 나무에서 약간 떨어진 곳으로 언제나 냄새를 풍겨오는 취사장이 자리하고 있었다. 창과 그 담과의 거리는 5미터를 넘지 않는 거리고 그사이에는 듬성듬성한 풀밭이다. 중앙으로는 취사장의 냄새보다 훨씬 독한 냄새의 고문 도구와도 같은 하수구가 직선으로 끝없이 이어진 구조였다.

하수구는 언제나 땅을 기어 다니는 작은 동물들의 차지였다. 사실 이런 하수구는 그 동물들의 먹이 창고와도 같은 것이다. 왜냐면 먹고 남은 것이 화장실에 버려지고 그 버려진, 즉 쥐들의 소중한 양식이 물과 섞여서 이 하수구로 운반되기 때문이다. 그래서 하수구 주변에는 쥐구멍이 많았다. 사동 일을 하면서 복도를 오가는 쥐를 잡은 적이 있다. 너무 잘 먹어서 민첩하게 움직이지도 못하는 것을 발로 차서 죽인 것이다. 어쩌면 이런 시설에서는 쥐가 그리 민첩할 필요가 없기에 다르게 진화하는지도 모를 일이다. 여기 있는 인간은 모두 갇혀있다는 것을 쥐들조차도 알기 때문에. 한여름 노역 사동의 상층에서 자주 풀섶을 바라다보곤 했는데 언제나 서너 마리의 쥐들이 오가는 것이 보였다.

12번 방 창을 찾아오는 동물 중에는 고양이 세 마리가 있었다. 두 마리 어미 고양이는 각각 밤색과 검은색이었고 새끼는 밤색이었다. 그들도 역시 이곳 특성에 맞게 어슬렁거리기 일쑤였다. 우리도 그랬지만 다른 방도 마찬가지로 그들에게 먹을거리를 던지곤 했다. 오징어, 닭고기, 소시지 등을. 그들은 언제나 그것을 기대하고 창가에 오곤 했지만, 현실을 받아들이기 힘든 나는 물을 뿌려서 쫓아내곤 했다. 마음대로 돌아다니다 지치면 풀밭이 끝나는 어딘가에 늘어져 낮잠을 즐기는 그들에 대한 소심한 복수 같은 것이었고 자유에 대한 질투심이기도 했을 것이다. 어쨌거나 창밖 세상은 고양이와 쥐가 공존하는 곳이었다. 그리고 그들은 마주치는 법이 없었다. 설령 마주친다 해도 그들에게 아무 일도 일어나지 않는다는 사실을 이제는 알 것도 같다. 그게 생존의 법칙이니까. 동물들은 배부른 상태에서는 사냥하지 않는다고 한다.

겁이 없는 건 비둘기도 마찬가지다. 4동 상층에서 일할 당시에 손에 땅콩을 올려놓고 있으면 지붕에 있던 놈들이 날아와 받아먹었다. 나와 같이 일을 했던 누군가가 비둘기를 생포해 실로 다리를 묶었다는 이야기도 들었다. 영화 〈쇼생크 탈출〉에서 장기수 노인인 브룩스가 품에 감추어 새의 먹이를 주던 장면이 생각났다. 영화에서는 외로움에 대한 표현이겠지만, 그러고 보니 새를 잡아서 키우는 것이 불가능도 아닌 일이었다.

까마귀는 의정부에 와서야 보게 된 동물이다. 어릴 적 시골에서 자랄 때 까마귀가 참 많았는데 이후로 별 특별한 기억이 남아있는 게 없는 저 날짐승을 오랜만에 다시 대한다. 이곳에선 눈에 보이는 모든 게 관찰의 대상이다. 음산하고 시끄럽게 들리는 울음소리와 짙은 먹색으로 인해 흉조 취급을 면치 못했지만, 이곳에선 별다른 이유 없이 그것들이 고귀해 보였고 그 특이한 울음소리가 들려오면 왠지 나를 닮았다는 생각도 들었다.

겨울 하늘을 나는 그 새들을 보면서 나는 빈센트 반 고흐가 남긴 마지막 작품인 〈까마귀가 나는 밀밭〉이라는 그림을 상상했다. 여기에서는 상상이 곧 관람과 같은 의미가 되기도 한다. 고흐가 자살하기 1개월 전, 그러니까 그 그림을 그리고 있을 때의 심경은 어땠을까. 그의 눈에 비친 까마귀는 그의 내면과 어떻게 만나고 있었을까. 나는 어느새 19세기 후반 프랑스 시골의 그 밀밭에 그와 함께 서 있는 내 모습을 발견하고는 멈칫했다.

오늘 하루도 긴 여행이었다. 어제도 그리고 내일도 아마도 그럴 것이다. 아니 어쩌면 인생의 행로가 모두 여행인 것을 왜 전에는 모르고 있었는지.

민들레 노랗던 날

어머니

고향의 그 땅에 묻었다

지금은 창살 너머

하얗게 잘리는 민들레 사이로

어머니의 그 얼굴

창백한 햇살로 내린다

윙윙거리며 흩어지는

민들레 하얀 담장,

페인트 떨어진 그 위에

두꺼운 눈물을 칠한다

–「어머니」 전문

의정부, 새로운 시작

낡은 건물에서 동료들이 쏟아진다
좁은 운동장을 채우며
몇몇이 실밥 터진 공을 차고
더러는 느릿느릿 주위를 맴돈다

나는 태양을 향해 서지만
퇴화된 눈은 햇살을 피하고
이내 어슬렁거림에 합류한다

다시 대열에서 이탈해 혼자가 된다
나는 이방인이다
고립 속에 다시 고립이다

수락산 긴 담장을 따라

삼십 분이 지나고

교도관이 호각을 분다

다시 폐허의 건물로 빨려 들어간다

-「운동시간」 전문

나는 의정부 땅을 다시 밟았다. 군대에 입대할 때 그 한겨울 소복이 쌓인 눈길을 뚫고 택시를 달려 의정부 101보충대에 입대하던 시절이 어제처럼 선명하다. 그리고 그때나 지금이나 그다지 유쾌하게 찾은 도시가 아니니, 의정부와 나의 인연은 그다지 좋은 쪽은 아니다.

1981년 1월 세상이 온통 시끄럽고 꼭 새날이 올 것처럼 군인 출신의 그 대통령이 무서웠던 그런 날에 나는 장정이라는 이름으로 의정부로 왔었다. 그리고 바로 대통령이 된 그가 호령하던 부대에 배치되어 별로 자랑스럽지 못한 2년 반의 군 생활을 했다. 그 시간의 시작이 이곳 의정부였으니 30년 전의 얘기지만 이제 나와는 또 다른 인연의 도시가 된 셈이다.

2012년의 의정부에 다시 선다. 그것도 또다시 내 의지와 상관없이. 버스가 수락산 모퉁이를 돌자 침침한 몇몇 건물이 눈에 들어온다. 이내 쿵 소리를 내며 육중한 문이 열리고 버스는 그곳으로 빨려 들어갔다. 나와 비슷한 처지일 여자 하나가 먼저 내렸다. 그리고는 조금 후진해서 나를 쏟아낸 후 일말의 주저함도 없이 버스는 사라졌다. 나는 이내 허름한 건물에 앉아 각종 검사와 면담을 하고 다시 모르는 사람들이 모여있는 방으로 향했다.

적응한다는 것은 참으로 무서운 것이다. 오래전 시카고에서 대학을 졸업하고 남겨진 공부를 위해 뉴욕으로 학교를 옮겨갔을 때, 마치 시카고가 나의 고향이라도 되는 양 얼마나 돌아가려고 애썼던가. 그러나 매몰찬 시간은 결국 나를 새로운 환경으로 끌어들이고 적응해 가도록 만들었다. 그리고 이전이라는 시간은 그렇게 잊혀져 간다.

여기서도 그럴까. 예전의 대학 시절만큼 낯선 곳에서 내가 여기서 잘 살아갈 수 있을까. 나는 또다시 새로운 꿈을 꾼다. 그 꿈은 어쩌면 끊임없는 여행인지도 모르고 그것이 인생이라는 것의 전부일지도 모른다. 내 여행이 미래로 가는 거라면 좋겠다고 생각했다. 내 앞에 펼쳐진 의정부가 바다 같았으면 좋겠다. 헤엄쳐 미래로 갈 수 있는 그런 바다.

자화상 3, 2020

자화상 4, 2020

식사 의식

교도소에서 일하지 않고 생활하는 것을 '미징역'이라 부르는 걸 이곳 의정부에 와서 알게 되었다. 내게 주어진 방, 8동 3호실은 바로 그런 방이었기 때문이다. 이들 중 대부분이 형기가 짧아 그런 경우도 있고 또는 몸 상태가 일하기에 적합하지 않기 때문이기도 했다.

이들의 일과는 운동하거나 면회를 하고 아주 가끔은 전화를 하러 가기도 하며 또 가끔은 의무과에 다녀오는 것을 소일거리로 삼는다. 그러나 무엇보다도 많은 시간을 소비하는 것은 책을 읽거나 편지를 쓰는 것이다. 편지 받는 사람들에게 이 내용들이 얼마나 따분할까 하는 생각에 나는 좀 자제하는 편이기는 하지만.

또 하나의 거대한 행사는 하루 세 번의 식사 의식이다. 이는 자주 있는 것임에도 상당히 조직적이고 자못 경건하게 이루어진다. 우선 그날그날의 메뉴를 확인하는 것에서 시작된다. 물론 이곳의 메뉴판에도 선호하는 음식의 이름 위에 형광색이 칠해져 있음은 예외가 아니다.

일주일에 한 번 점심으로 국수가 나오는 날이 있었다. 방에 있는 사람들은 아침 식사가 얼마 지나지도 않아서 이미 조직적으로 움직이기 시작했고 이곳에 온 지 며칠 되지 않은 나는 그 광경을 물끄러미 지켜만 보고 있었다. 한 사람이 빵 자르는 칼을 이용해 소시지를 거의 갈다시피 잘게 자르고 있었다. (이곳에서 부엌칼은 흉기가 될 수 있어서 케이크용 칼이 그 모든 기능을 대신한다) 그리고 또 다른 사람은 고추장에 참기름을 넣고 내가 알지 못하는 무엇인가를 열심히 섞고 있었다. 그들은 국수의 양념을 만드는 중이었다. 여기서 구입할 수 있는 재료의 한계가 있음에도 그들은 언제나 그 한계를 뛰어넘는 마술을 내게 보여주곤 했다. 그들은 비빔국수를 그날의 메뉴로 정하고 경건하게 그 의식을 치르는 중이었다. 그날의 메뉴였던 싱거운 잔치국수로는 그들을 만족시킬 수 없으므로. 그리고 하루가 지루한 그들에게 요리(?)는 좋은 취미이기도 하므로.

행사는 그것으로 끝나는 것이 아니다. 식사가 끝나면 7명 중 4명이 설거지에 동참한다. 하나는 그릇에 세제를 칠하고 둘은 각각 화장실과 싱크대에서 헹구고 하나는 물기를 닦아낸다. 그렇다고 나머지 셋이 참여하지 않는 것은 아니다. 더러는 입으로만 참여하고 더러는 다 된 것을 옮기는 방식으로 그 의식에 참여한다.

식사 준비, 식사 그리고 뒷정리가 다 끝나면 사람들은 바닥에 둘러앉아 커피를 즐긴다. 커피라고 해야 인스턴트 봉지 커피에 불과하지만, 내게 그 모습은 마치 종교의식이 끝나고 다과회를 가지는 사람들의 모습으로 보였다. 이번 주에는 종교 집회에 가야겠다. 오랫동안 가본 적이 없는 그 의식에 한 번 참여해 보려 마음먹었다.

면회

성동과 달리 이곳 의정부는 면회 시간이 14분으로 고정되어 있다. 물론 기결수(형이 확정된 사람)에 대해서 그러하며 미결수는 7분으로 정해져 있다.

애초 성동에서 이곳으로 올 것을 결정했을 때 이렇게 먼 곳까지 나를 찾아와 줄 사람은 이제 없을 거라 생각했는데, 그건 단지 내 생각이었다. 친구들이 그냥 놓아주지 않겠다며 교대로 와 주었고 또 작품집이 나왔다며 멀리까지 와 주신 옛 선생님도 계셨다. 그리고 이분들을 만날 때마다 내가 이분들에게 갚아야 할 부채가 늘어나고 있다고 생각했다. 이제야 말하려고 하는 것은 내 심장에 그분들의 이름을 새기고 고마운 마음으로 살겠다는 다짐이다.

가끔은 뜻밖의 사람을 만나기도 한다. 그것은 여기서 같이 생활하다가 먼저 출소한 사람들이 찾아오는 경우다. 함께 출력을 시작해서 8개월의 징역을 살고 무죄로 나간 K의 경우가 그랬고 첫 출력에 함께 일하며 내가 자리를 잡아갈 수 있도록 도와주었던 M이 기억에 많이 남는다. 그 후 의정부 공장에서 일하다가 서너 달 전에 출소한 J가 두 번 나를 찾아왔다. 그가 왔다 가면 그의 이름이 적힌 쪽지와 함께 영치물이 들어오곤 했는데, 순진하고 시골스러운 품목들만 어찌 그리도 잘 골라서 넣는지 신기했다. 어쨌든 대부분은 사람들에게 나누어 주는 거였지만. 그렇지만 많은 사람에게 심지어 자식 또래에게까지 면박을 당하며 잘 버텨준 그가 나는 언제나 고마웠다.

종종 징역에서 살아남기 위해 나는 나를 버리고 가슴에 붙은 '2478' 번으로만 살기도 한다. 그러다가도 누구에겐가 따스함이 전달되어 오면 내 한쪽을 내어주는 것이 이곳에서의 생활방식이다. 사실 사람을 판단하는 것은 어쩌면 어느 방향을 보는가에 대한 문제인지도 모른다. 인간은 누구나 장단점을 동시에 가진 존재라는 것을 알고 나면 더욱더 그렇다. 그냥 장단의 비중만 조금 다르다고 해야 할까. 나는 그 순박하고 어수룩했던 사람의 장점을 많이 보았었다. 이제 그런 그가 넥타이를 매고 나를 찾아와 내 걱정을 해주고 돌아갔다. 그때마다 편지나 보내는 것이 내가 할 수 있는 전부였지만.

내가 괴물이라고 별명을 지어준 H가 지난주에 출소했다. 누구에게도 환영받지 못하는 것은 물론이고 문제가 생기는 곳의 중심에 언제나 그가 있었으며, 도무지 껍질을 제외하면 인간이라 표현하기가 힘든 그였다. 그런 그가 나가자마자 방을 같이 쓰던 사람의 면회를 왔다. 그 방 사람들은 그를 다시 보는 악몽을 되풀이하지 않으려 다른 사람이 면회 오기 때문에 안 된다는 핑계를 대고 빠져나갔지만, 누군가는 운 없는 한 명에 선택되어 그와 14분을 함께하고 돌아왔다. 그도 힘들게 이 생활을 했지만, 중요한 것은 그는 자신을 모른다는 것이었다. 그렇다면 나는 얼마나 나 자신을 아는 사람일까. 아마 모든 사람이 다 피하던 그보다 조금은 더 아는 정도일까. 누군가는 지금 나를 피하려고 하는지도 모를 일인데.

덜컹거리며 초록색 철문이 열리고
교도관이 흰 종이를 내밀면
수의를 입고 문을 나선다
사동 앞에 두 줄로 맞춰 서서
두리번거리며 그를 따라 행진한다
유리로 막힌 좁은 공간
허름한 의자에 앉아
옛날 옛적의 그 얼굴들에게
빠르게 빠르게 떠들어대면
십 분이 순간처럼 나를 비켜가고
다시 상자 속으로 벌레처럼 기어간다

–「면회」 전문

Thoughts are Free

"Thoughts are free" 이 짧은 문장은 지금부터 약 1년 전쯤 내가 형이 확정되어 출력을 시작할 무렵 어느 친구에게서 온 편지에 쓰여있던 구절이다. "생각은 자유다." 혹은 "상상하는 것은 공짜다"라고 해도 틀리지는 않는 말이다. 내게는 분명 두 해석이 모두 해당되었을 테니까. 나는 그때 어떤 움직임도 이제는 자유로운 것이 없었다.

이 친구가 편지에서 이 말을 쓴 것은 아무래도 내가 작품을 할 수 없는 입장이 되었으니 미리 많이 생각하고 구상하여 나중에 이미지로 만들 수 있게 하라는, 또 많은 글로도 남겨 놓으라는 그런 의미였던 것 같다. 나는 그 고마운 친구의 말대로 많은 생각을 하고 많은 글을 쓰려고 했다.

그런데, "Thoughts are not free"였다. 내 결론은 생각은 자유가 아니었다. 왜냐면 생각은, 사고는, 상상은 이 수용 생활에서 언제나 고통을 동반하기 때문이다. 겨울에 찬물로 머리를 감는 것은 힘들지 않으며, 맛없는 밥을 먹는 것도 힘들지 않으며, 사동에서든 공장에서든 일하는 것도 힘들지 않으며 이제는 한참 연배가 어린 사람에게 잔소리 듣는 것도 힘들지 않았다.

가고 싶은 곳을 상상하고, 하고 싶은 일을 생각하고, 보고 싶은 사람을 그리워하는 것이 가장 힘든 일이었다. 그래서 "Thoughts are not free"인 것이다.

밤으로 가을비가 내렸다
상투적인 그림이 걸린 복도를 따라
공장으로 가는 길,
아직 마르지 못한 빗물 줄기들이
눈물 자국처럼 담장에 걸리고
검은 교도관 옆으로 코스모스가
무리를 이룬다

향기 잃은 담장 안에 꽃들은
출근하는 그들의 어깨 위로 지고
꽃송이 기억들이
담장 옆 공장 작업대 위에서
서서히 질식사하는 아침

어느 날,

꽃들이 기억의 대가가 되어 잘린 채

내 책갈피 속에서 압사하고

남은 꽃들이 떨어진 위로 바람이 분다

겨울이 빠르게 공장으로, 담장으로

코스모스 피우는 곳으로 온다

-「책갈피 속에서」 전문

11월, 너의 기억

1. November Rain

11월의 두 번째 일요일에는 온종일 비가 내렸다. 창살 사이로 빗소리가 들려오고 그 소리는 이내 나를 1991년의 늦가을로 몰고 갔다. 내 인생에서 절대 잊을 수 없는 그 시절의 늦은 가을 속으로.

Guns & Roses의 〈November Rain〉이라는 그해의 최고 인기곡 중 하나가 수시로 TV와 라디오를 통해 흘러나오는 우울한 가을에 실제로 많은 비가 내렸다. 그해 여름 대학원을 졸업한 나는 기성 작가가 되어 세상으로 나왔고, 그때가 내 인생에서는 가장 힘든 시기이기도 했다. 꼭 사진을 찍어야겠다는 생각에 앞서 나는 거의 자학적으로 그 우울함을 즐기고자 차를 몰아 1시간 정도 거리의 베어 마운틴을 다녔고 그러다가 집에서 가까운 롱아일랜드 바닷가를 정신없이 맴돌았다. 그리고 그 한 달 동안 작업한 사진들의 제목은 〈November Rain〉이라고 붙여졌다. 우울하고 우중충한 그 검은 사진들, 때로 떨어져 뒹구는 낙엽보다 더 쓸쓸하게 나무에 붙어있는 이미 죽어버린 나뭇잎, 겨울을 예견해 바닷가에 말라버린 낮은 갈대들까지, 돌이키면 그 사진들은 익숙한 것들에 대한 이별이었다. 가을이 겨울로 변하듯 나는 이전의 생각을 버리고 겨울이라는 차가움으로 내 심장을 채워 나갔다.

그 가을 나는 나를 결정해야 하는 시기였는지도 모른다. 그렇지만 잔인한 신은 나를 방황이라는 들판에 내몰고 내가 소중히 여기는 것들을 찬바람과 함께 거두어 갔다. 그리고 나는 그냥 그 노래를 따라 불렀다.
'When I look into your eyes, I can see a love restrained ….'

그로부터 21년이 지난 후 11월의 비를 창을 통해 바라본다. 의정부의 폐허더미 공간에 갇혀서. 그때의 그 신이 무엇을 내게 더 거두려는 걸까. 나는 이제 정말로 다 내어준 것 같은데, 단 하나도 허락하지 않고 다 가져간 것 같은데 아직도 더 요구를 한다.

11월은 늘 잔인하다. 하지만 이 시간도 곧 물러가겠지. 그래서 멀리 보이는 봄이 오면 나는 또 오늘을 회상하겠지. 빗속으로 다시 들어가고 싶어진다. 다시 그 노래를 들으며 오래전의 추억 속으로 걸어 들어가고 싶어진다.

2. Are You Happy

플라톤은 인간의 최고의 선을 행복이라고 일찍이 설파했다. 그로부터 2300년이 지난 지금에도 많은 사람이 수긍하니 아마 그게 맞는지도 모르겠다. 그런데 그 행복이라는 것은 대체 어떤 것인가. 행복지수라는 게 있다. 그렇지만 우리가 익히 알고 있듯이 행복지수가 높은 나라는 선진국이 아닌, 지식수준이 높은 나라가 아닌, 우리의 시각에서는 그저 평범하거나 혹은 가난하고 지식수준이 낮은 그런 나라들이다. 역으로 행복지수가 낮은 나라는 그 반대의 경우가 되는 것이다. 그러니 부자가 되는 것도 지식수준이 올라가는 것도 이제는 슬퍼해야 할까 보다. 그렇지만 사람들의 지향은 늘 같은 모양새다. 먼저 돈을 추구하고 그러면 그 돈으로 인해 행복을 얻게 된다고 생각한다. 이미 그것은 사실이 아닌 것으로 판명이 났음에도 불구하고.

오늘은 11월의 마지막 날이다. 나는 아직도 21년 전의 11월에 갇혀서 산다. 그 지독한 슬픔의 시절에는 카메라를 들고 산과 우울한 바닷가를 찾아갔지만, 지금은 의정부교도소에서 공장을 간다. 만일 21년 전에 나이든 내가 아침 추위를 맞으며 줄을 맞춰 공장으로 가는 모습을 상상할 수 있었다면 나의 슬픔은 또 얼마나 배가 되었을까.

옆방에는 내가 일하는 공장의 옆 공장으로 출근하는 사람이 있다. 그 사람은 이제 18년을 넘겼고 다음 달에 출소한다. 강산이 두 번 바뀌는 그 긴 세월 동안 그는 불행하기만 했을까. 몇 명의 사람을 죽인 그는 그 자신도 이미 죽음의 공포를 경험했으리라. 그리고 그는 그것에서 벗어났다.

그리고 다시 무기에서 유기로 바뀌고 오랜 시간 잘 보존한 그의 생명이 세상으로 나가는 행복을 맞이한 것이다.

어쩌면 행복이란 단어는 그렇게 복잡한 것이 아닌 듯하다. 그것은 어려운 철학적 용어가 아닌 그저 평범한 사람들의 일상적 단어인 듯 보인다. 그렇지만 어떤 기준에서도 나는 행복의 범주에 들지는 못할 것 같다. 그 대신에 나는 즐거움을 얻으려 한다. 나는 나의 사고를 즐기고 나의 현실을 즐기려 한다. 나는 행복하지 못하게 나를 옭아매는 생각들을 기꺼이 즐거움과 맞바꾸려 한다.

여기 의정부 6중 6방 5평의 공간에 앉아 11월의 마지막 밤을 보내며 지나온 시간들을 회상한다. 그리고 나를 아는 많은 사람에게 묻는다. 행복하냐고. 그리고 떠난 사람에게도 묻는다. 그래서 행복해졌냐고.

11월이 끝나는 날 함박눈이 첫눈으로 내린다. 저 하얀 눈으로 어둠을 모두 거두어버릴 수는 없을까.

난로가 있던 자리에 겨울이 그대로 남았다
우리는 추위를 지나온 사월의 낙엽처럼
그곳을 서성이고
공장 문 틈새로 비스듬히 스미는 햇살에
부러움을 느낀다

듬성듬성 가석방을 받아 나간 빈자리들이
다시 낯선 얼굴들로 빠르게 채워지고
봄의 공장에는 아직 겨울 이야기들이 공기가 되어 퍼진다
만나고 헤어짐은 또 하나의 일과다
남겨진 사람들이 난로가 있던 자리에 모여
떠난 사람을 얘기하지만
아무도 그들을 그리워하지 않고
결국은 하나둘 기억에서 이탈해간다
이따금씩 공장 문이 열리고
트럭이 지친 시간들을 열심히 밖으로 실어 나르면
나는 내 겨울 기억을 품에 안고
포장 박스 뒤로 몸을 숨긴다
봄은 헤어짐의 신호다
그래서 봄은 우리의 점심 식사처럼 차갑다
나는 나의 기억을 반추하며
그리운 사람의 이름을 부른다
난로가 있던 그 자리에서

-「난로가 있던 자리에서」 전문

음식 이야기

1.

세상을 살면서 음식이 주는 즐거움은 얼마나 큰 것인가. 또 배고픔이 주는 고통은 어느 정도나 될까. 얼마 전 예일대학교의 셸리 케이건 교수가 쓴 『죽음이란 무엇인가』를 읽었다. 그 책에서 일정 부분 우리가 죽음을 두려워하는 이유가 '박탈이론'에 근거하고 있음을 말하고 있다. 이는 우리가 삶에서 누리는 것을 죽음으로 인하여 빼앗겨 버리는 것에서 초래하는 죽음의 공포를 말하는 것이다.

그러면 먹는 즐거움이 박탈당했을 때 그것은 죽음의 공포에서 어느 정도나 차지할까. 아주 가끔 먹는다는 게 고통이었던 시절이 있었다. 하지만 그 반대의 시절이 훨씬 많았음은 부정하지 못한다.

무려 2년에 만에 그 낯선, 그러나 낯익은 피자를 먹었다. 내가 일하는 구외 공장은 매월 두 차례의 특식이 주어진다. 한번은 중식 즉 짜장면, 짬뽕, 볶음밥 중에서 선택하고 다른 한 번은 프라이드치킨인데, 오늘 그 메뉴가 바뀌어 피자가 나왔다. 지금까지 내가 먹어 본 피자 중에 가장 싼 피자를, 가장 맛있게, 가장 많이 먹은 날이 되었다. 돌이켜 보면 이 메뉴는 학생 시절 미국에서 콜라 한 잔과 함께 점심을 때우던 그것이었는데 이제는 특식으로 먹고 있다니.

세월을 돌이켜 학생이었던 그 시절 유독 맛있는 곳을 찾아다니던 기억이 새롭다. 지인과 함께 몇 시간을 운전해서 찾아간 롱아일랜드의 그 랍스터 식당도 생각이 나는데 일전에 그가 면회를 와서 먹고 싶은 음식이 있냐 해서 나는 아메리카노 커피를 외쳤다. 그리고 그 지인인 내 선배 화가는 어느 신문의 칼럼에 나와 나눈 10분간의 면회 이야기에 아메리카노 커피를 쓰기도 했다.

음식이 가장 먹기 싫었던 건 경찰서 유치장에서였다. 음식으로 인해서가 아니라 외부 충격으로 인해서였지만 그때의 음식은 내게 고문 도구와 같았고 그래도 하루 한 번은 생명 연장의 목적으로 꾸역꾸역 입으로 밀어 넣었다. 그 무렵에는 젊은 남자가수 둘이서 부르는 〈밥만 잘 먹더라〉라는 노래가 유행이었고 시간이 지나면서 나는 놀랍게 적응해 가기 시작했었다. '밥만 잘 먹더라 죽는 것도 아니더라.'(옴므의 노래 중에서)

일곱 조각의 피자를 먹고 저녁상에는 난데없이 백숙 한 마리씩 주어졌다. 영문은 모르지만, 분명 이유가 있을 테지만 오늘은 참 특이한 날이다. 그러고 보니 내일의 점심은 스파게티다. 아마도 이 교도소라는 곳이 앞으로는 많이 변화하려고 하는 모양이다.

월요일에는 우리 방 사람들 중 두 명이 가족 만남의 날 행사를 간다. 이는 월 1회 수용자의 가족이 음식을 싸 와서 같이 식사하며 약 두 시간 정도를 함께하는 일종의 면회다. 그래서 그 둘에게 물어보았다. 가족이 준비한 메뉴가 어떤 것인지. 대답은 한 사람은 족발이고 다른 사람은 새우튀김이라고 대답했다. 음식의 힘은 놀랍다. 아마도 족발과 새우튀김은 오랜만에 마주 앉는 가족들의 서먹함도 잊게 할 것이 분명하다.

언제쯤에 내게 죽음이 올지 알 수 없다. 그러니 이제라도 버킷리스트를 작성하듯이 내가 살아서 먹어야 하는 음식의 목록을 만들어야 하겠다. 그래야 셸리 케이건 교수가 말하는 그 박탈감이 적어질 테니까.

2.

새벽 5시 55분, 아직은 어둠이 남아있는 시간에 우리는 하루를 시작한다. 정해진 순서에 의해 나는 가장 먼저 화장실로 가서 차가운 물을 받아 머리를 감는 것으로 하루의 시작을 알린다. 그리고 방에 온 순서대로 7명이 모두 씻고 나오면 습관처럼 두유에 빨대를 꽂고 책을 읽기 시작한다.

참 다행스럽게도 우리 방의 6명이 아침 식사를 거른다. 그렇다고 아무것도 먹지 않는 건 아니지만, 밥을 먹지 않는다니 설거지를 하지 않아도 되므로 아침 시간은 여유가 있다. 오늘은 사과와 오렌지, 약과 그리고 호박 수프와 커피로 아침 식사를 한다. 징역에서의 오렌지는 맛이 유별나다. 예전부터 좋아하던 과일이었는데 이제 대량으로 수입이 되어서인지 여기서도 싸고 흔한 과일이 되어서 다행이라고 해야 하는지.

11시 30분이면 공장은 점심 식사가 시작된다. 오늘은 금요일, 2주에 한 번 돌아오는 특식이 있는 날이다. 물론 우리의 노동의 대가로 지급되는 것임이 틀림없으며 싸구려이기는 하지만 그래도 바깥 음식을 먹는 짜릿함은 저렴한 게 아니다. 오늘은 닭튀김이 준비되었다. 거기에 더하여 취사장에서 온 오늘 메뉴 중 새우볶음과 데친 브로콜리를 초장에 찍어 먹는 것이 좋았다.

아무래도 저녁에는 밥이 좋겠다. 삼치구이와 청포묵 무침이 저녁 메뉴로 올라왔는데 별미 수준이었다. 김치도 이제 볶음으로 나오니 밥 먹기가 한결 편해졌다. 한국 음식은 짠 것을 빼고는 그런대로 괜찮다는 생각이 든다. 다시 커피와 오렌지로 후식을 즐겼다. 참 내일 점심 메뉴는 한 번도 먹어 본 적이 없는 볶음 우동이라는데 어떤 맛일까 궁금했다. 그리고 이런 생각을 하고 있는 나는 이제 이 생활에 완전히 익어있는 것 같아 서글펐다.

요리와 배식구

1.

요리의 시작은 미결수 시절부터였다. 그것도 구치소 생활을 시작한 지 일주일 남짓일 무렵 그 방에 있던 동료로 인해 시작하였으니 이제 이 기억도 켜켜이 세월 속에 쌓이게 되었다. 교도소이건 구치소이건 모든 요리는 끓는 물로 인해서만 가능하다. 여기는 불을 이용할 수 없기에 모든 조리가 그러하며 또 재료를 구하지 못하기 때문에 여기서 판매하는 단순 먹거리들이 그 재료가 된다. 단순 재료라는 것은 훈제 치킨, 소시지, 떡갈비, 김치, 멸치, 계란, 라면, 무말랭이, 간장, 고추장 등이다. 때로는 사이다나 마른오징어, 땅콩, 녹차, 라면 스프 등이 맛의 진화를 위한 요리의 재료로 쓰인다.

이런 한정된 재료를 가지다 보니 이름이 달라도 비슷한 맛을 내는 경우가 비일비재하다. 김치찌개의 경우 김치와 훈제 치킨, 소시지, 떡갈비를 비닐봉투에 넣고 끓는 물에 통째로 담가 두며(물론 중간에 뜨거운 물을 여러 번 교체해야만 김치가 익는다) 닭찜의 경우는 그 목록에서 김치를 빼고 고추장, 사과 등을 더하게 된다. 그렇게 무척 비슷한, 그러나 우리에게는 서로 분명히 구분되는 요리들이 만들어진다. 이런 재료들에서 능력이 더해지면 생양파와 생고추가 쌈장과 함께 나오는 날 그것을 재료로 모으고 더 나아가서 젓갈류의 반찬이 나오면 거기서 마늘을 골라내어 요리재료로 쓰기도 한다.

김치찌개나 계란찜 정도가 자주 하는 요리였는데 이것마저도 직접 하는 것이 아니라 재료를 사동 도우미에게 내주면(뜨거운 물은 그들의 소유이며 권한이기에) 그들은 그걸 조리하고 일정 부분은 수고비로 떼고 조리된 것을 방으로 넣어주게 된다. 이후 어느 순간부터 내가 그 권력을 누리게 되어 요리의 대열에 동참했지만 나는 그다지 그것에 흥미를 느끼지 못했다. 그냥 가끔 기분 전환 삼는 것으로 만족하는 정도였을 뿐.

의정부 생활이 많이 다른 건 아니었다. 다만 여기는 낮에 공장에 있다 보니 주말에 한 번 정도 요리를 하게 된다. 여기는 라면을 익혀서 고추장, 소시지, 닭, 김 등을 넣어 비빈 비빔국수가 제법 수준급의 그것이었고, 그 요리에 일가견을 가진 사람이 같은 방에 있었기에 그 맛은 오래도록 내 기억에 머물렀다.

오늘은 일요일이다. 우리는 또다시 충분히 많은 훈제 치킨과 소시지, 떡갈비를 준비했다. 그리고 누군가가 나서서 오늘은 한방 닭찜을 준비하겠다고 선언했다. 한방이라는 말에 의아했지만, 닭찜에는 우황청심환 두 알이 들어가 그 특유의 냄새를 피운 것이 전부였다. 한방 닭찜에는 결코 인삼이나 도라지가 필요한 건 아니었다. 다만 그 알약 두 개면 모든 것이 다 해결되는 곳이 여기 의정부다.

2.

그들에게 밥상이라는 것은 없었다. 그래서 국과 밥, 반찬이 따로 있지도 않았다. 그냥 시간이 되면 이것저것을 섞어서 끓여 나무를 파서 만든 그의 밥통에 퍼주었고 또 먹다가 남은 것을 모두 가져다 그의 큰 그릇에 담아주면 그것으로 늘 만족하는 삶이었다.

고향의 어릴 적 기억이다. 우리 집은 언제나 소와 돼지를 키웠고 때로는 개와 고양이, 닭들까지, 간혹 토끼까지 있었으니 나는 어릴 적부터 다양한 동물들의 가두어짐에 대해 익숙해져 있었다.

처음 이 시설에 와서 가장 놀라운 부분, 그리고 아직도 불쾌하여 적응하기 힘든 것이 배식구다. 정말이지 밥은 식당에서 먹는 것인 줄 알았는데 방의 벽에 가로세로 각각 25센티 정도의 뚫린 구멍으로 밥이 들어온다. 이른바 배식구다. 여기에 플라스틱 통을 내어주면 밥과 국이, 반찬이 들어오는 것이다.

나오지 못하게 가두어놓고 구멍을 통해 먹이를 밀어 넣어주는 이 시스템은 언제부터였을까. 또 어느 동물에게서부터 시작되었을까. 내가 예전에는 미처 인식하지 못했던 우리들의 잔인함을 이제는 알 것도 같다. 좁디좁은 새장에 갇히거나 축사에 갇히고 혹은 동물원의 튼튼한 창살에 갇힌 채 사람의 노리개로 전락한 저들을 인지하지 못했다. 오래전에는 저들이 세상의 주인이었음도 알지 못했고.

배식구 옆에는 메뉴판이 붙어있다. 메뉴는 매달 바뀌며 주 단위로 표시되어 있다. 이제는 오랜 시간을 거쳐 적응된 지라 그 메뉴에 은근히 기대고 살게 된다. 가끔 개구멍을 통하면 어때, 그런다고 맛이 변하는 것도 아닌데 하는 생각에 섬뜩하기도 하지만.

우리에게는 밥상이라는 게 있다. 밥상은 이제 구별의 도구다. 그것은 우리가 인간이라는 소중한 표식이다. 오늘도 배식구를 통해서 우리들의 먹이가 들어온다. 그러니 배식구는 생명이기도 하다. 벽에 뚫린 작은 구멍으로 들어오는 밥을 먹고 하루를 보냈다. 이제 밤이 오기에 그 배식구를 닫는다. 오늘의 용도를 다한 것이다.

사막에서 1, 2010

사막에서 2, 2010

사막에서 3, 2010

사막에서 4, 2010

작업 장려금

여름이 오는 것은 햇빛에서 감지된다. 5시가 넘어 공장에서 돌아와 창문을 열고 옆 사동을 바라보면 저녁 햇살 특유의 옅은 오렌지색이 초라한 건물을 따스하게 감싸고 있음이 보인다. 다시 어지러웠던 계절로 환원되는 것인가 보다. 끔찍한 그 기억 속으로.

오늘은 아침 일찍부터 건강검진이 있었다. 우리는 마치 축사에 가두어진 소들처럼 교도관들에게 몰이를 당하며 강당에 모여 오랜만에 해 보는 왼쪽 눈, 다음은 오른쪽 눈 하며 숫자도 불러보고 입을 크게 벌리며 치아 검사도 당하여보고, 그리고 끔찍하게 피도 뽑아내고 마지막에는 담벼락 아래 붙어있는 X선 검사 차량에 올라 엉거주춤한 자세도 취해 보았다.

그런 이유로 공장이 1시간 늦게 시작되었다. 아마도 오늘의 일당(?)인 만원 중에서 2천 원쯤 감해지는 억울한 일을 당한 것이기도 하다. 우리는 여기서 일하면서 돈을 받는다. 노동의 비용이 아닌 작업 장려금이라는 명목으로 주어지는 것인데 성동에서는 사동 도우미를 하며 하루에 1,100

원이었던 것이 공장으로 오면서 만원이라는 고액이 되었다. 그러니까 한 달을 일하면 약 20만 원 정도가 되는 것이다. 그러니 사동 도우미 하루 12시간씩 6개월을 일해서 버는 금액을 여기서는 1개월이면 벌 수 있으니 가히 고액이라 할 수밖에. 그런 돈들이 모여서 수백만 원이 되기도 하고 또 장기수의 경우는 천만 원을 넘기기도 한다.

내 경우는 아마도 지금까지 이렇게 모아진 돈이 이백만 원에 미치지 못하는 정도일 것이다. 그리고 이 생활을 지속하고 있으니 어느 액수에서 멈출지는 아직은 알 수가 없다. (가능하면 적은 액수에서 멈추었으면 하는 바람이지만) 그런데 갑자기 궁금해졌다. 출소하는 사람들은 대부분 이 돈을 어디에 사용하고 있을까. 때로 마음이 상하고 더불어 몸도 망가지며 개미처럼 한 잎 한 잎 모은 그것이 어떻게 쓰이는지.

어떤 사람은 나가서 바로 술을 마셔 버리겠다고 한다. 더러운 것이니까 마셔 없애버린다며. 또 어떤 선량한 사람은 기부를 들먹이지만 확인된 바는 없다, 다만 그 마음만은 순수했으리라 생각하지만. 그러면 나는 어찌할 것인가. 나는 아마도 술을 마시러 가지 못할 것이며 기부하러 가지도 않을 것이다. 나는 그보다는 기념품의 가치를 지니는 작은 카메라를 사야겠다고 마음먹었다. 사진은 나의 상징이기도 하지만 오랫동안 사진을 찍을 수 없는 곳에서 사진을 꿈꾸었기에 이걸 기념하는 편이 가장 좋을 듯하다.

헤어짐에 대하여

이제는 인식하지 않을 때도 되었다고 생각하는데 그게 그렇게 마음대로 되지 않는다. 철근 덩어리로 이루어진 장식물들은 이 생활이 2년이다 되어감에도 늘 눈에 거슬리고 언제나 나른 사물보다 먼저 인식하게 된다. 비 오는 봄날 창을 열고 밖을 보니 야트막한 동산, 아니 정확히는 수락산이 끝나는 지점에 진달래 한 무더기와 흰 페인트를 마구 찍어 놓은 것처럼 벚꽃이 흐드러지게 피어있었다.

어릴 적 봄이 오면 진달래와 개나리를 한 아름씩 꺾어 안고 다니다 깊은 산 속 습지로 가서 도롱뇽의 알을 건져서 놀던 기억이 난다. 그러고 보면 봄은 번식의 계절이다. 그리고 번식은 본능의 범주다. 꽃이 화려한 것은, 꽃이 향기를 가진 것은 벌이나 나비를 유인해 자신의 종족을 퍼트리기 위함이 아닌가. 만약 어느 날 갑자기 나비와 벌이 사라진다면, 혹은 나비와 벌이 꽃의 색과 향에 반응하지 않게 된다면 꽃은 어떤 반응을 보일까. 아마도 그들은 종족의 보존을 위해 우리가 상상하지 못했던 다른 모습들이 나타날 것이다. 그러니 어찌 인간만이 위대하다고, 우월하다고,

이 자연의 주인이라고 말하겠는가.

이 생활을 하면서 얼마나 많은 사람을 만나고 헤어졌는가. 아마도 수백 명은 넘었을 것이다. 어떤 사람은 출소로 인해 기분 좋게 헤어지고 어떤 사람은 낯선 곳으로의 이송으로 헤어졌으며, 나 또한 이송을 왔으니 누군가에게 헤어짐의 숫자를 늘린 것이리라. 또 얼마나 다양한 사람들을 만났는지 헤아리기가 쉽지 않다. 내가 잊을 수 없는 이름들이 너무나 많았고 내게 가르침이 되었던 사람들도 많았다. 그리고 만남의 시간을 밖으로까지 연장해 갔던 몇몇 사람들, 그러나 그들 역시도 시간이 지나면서 서서히 가슴으로부터 멀어져 갔다. 헤어짐이 꼭 나쁜 것은 아니라고 생각한다. 이것도 비움이라고 한다면 그렇게 해야지 마음먹게 된다. 친구 중 누군가가 내게 말했었다. 재테크의 시간이 지나면 우(友)테크의 시간이 필요하게 된다고. 그렇지만 되짚어 보면 나는 우정이 전제되지 않았던 친구들이 참 많았던 것 같기도 하다. 친구라는 말로 친구가 되지 않는다는 것쯤이야 이미 아는 것이지만.

이제 헤어짐은 비움의 또 다른 말처럼 들린다. 나는 단 한 명의 친구가 없어도 이제는 괜찮을 듯하다. 왜냐면 저기 흐드러지게 피어있는 저 봄꽃들이 내 친구임을 알았기 때문이다. 산 위에 불쑥 솟아있는 저 바위가, 진달래꽃 주위에 연약하게 피어있는 보일 듯 말 듯 자주색 제비꽃이, 잡초 사이로 보이는 노란 민들레가 내 친구임을 알기 때문이다. 설령 그게 사람이 아니어도 좋고, 사람이 아니어서 더 좋기도 하다.

이 봄비가 지나면 또 누군가가 떠나간다. 새로운 계절이 있는 곳으로. 그에게 지금은 다시 잊혀진 과거가 된다. 이 방과 공장과 사람들에게서도 그는 기억에서 멀어지게 된다. 이제는 헤어짐은 자연스러워서 좋다. 무감정이어서 좋다. 새로운 장소에도 저 꽃들이 피어있을까, 그래서 그는 그 꽃들과 우정을 나눌 수 있을까, 그랬으면 좋겠다는 생각을 해 본다.

겨울 어둠이 가슴 시린 새벽 전화실
수화기에서 뚜뚜뚜 소리만 울리고
바깥세상은 아직도 한밤중,
들리지 않는 소리에 귀 기울이고
보이지 않는 얼굴 떠올리며
수화기를 내린다
커튼 밖 운동장 끝에서
살포시 아침이 느린 발자국을 찍으면
한 줌 한 줌 남겨진
오늘 전달되지 못한 사연들이
그 발자국과 함께 아침으로 사라지고
구두를 닦던 늙은 교도관을 따라
방으로 간다

–「공중전화」 전문

김칫국

내 고향은 높은 산이 병풍처럼 둘러싸인 곳으로 지금은 비록 아스팔트가 깔려있고 서울에서 한 시간 남짓의 거리지만 그 모양새가 가난에 찌들어 왔을 역사를 짐작하기에 부족함이 없는 곳이다. 나의 어린 시절, 그러니까 60년대에서 70년대 초반까지 나는 초가집에 살았고 미국이 원조해준 밀가루를 잘도 받아먹고 산, 그야말로 궁핍함 그 자체의 생활이었다.

그 시절의 겨울은 정말로 춥고 길었다. 이따금 눈으로 둘러싸인 10여 가구의 마을에는 먹을거리조차도 인색해지기 일쑤였다. 그러나 그 시절 그래도 집집마다 풍족한 것이 하나가 있었으니 그게 바로 김치였다. 자급자족이 가능했기 때문에 그렇기도 했지만, 긴 겨울을 나는 유일한 반찬거리였기에 충분히 비축해서였을 것이다. 그것은 찌개도 되고, 국도 되고, 볶음도 되는 그야말로 배고픈 겨울을 보내는 생명의 먹거리였다.

그 겨울에는 집집마다 자주 떡을 해 먹기도 했고(당시는 지금처럼 그렇게 부드러운 쌀이 아니라 그냥 있는 것 가지고 빻아서 익힌 것에 불과했지만) 또 고구마와 감자 같은 구황작물이 훌륭한 한 끼가 되어 주기도 했었다. 그리고 그때마다 나는 김칫국을 먹었다. 그건 예사로운 맛이 아니었는데 아마도 훌륭한 재료가 아닌, 그렇다고 딱히 결정적인 조리법이 있는 것도 아닌 그저 오랜 경험만으로 완성된 어머니의 음식이었다. 보기에는 대충 묵은 김치를 썰어 넣고 맑은 물에 간장으로 간을 맞춘 것으로 보였는데, 대체 무슨 맛으로 저걸 먹을까 싶기도 했는데 그게 맛이 있었다. 지금이야 돼지고기를 썰어 넣고 다시마와 멸치로 국물을 만들고 한다지만, 그 시절 그 동네에서는 꿈꾸기 힘든 것이었다. 특히 떡이나 삼사, 고구마로 끼니를 때울 때 목을 적셔주는 그 김칫국은 정말로 잊을 수 없는 맛이었다.

성동의 긴 시간을 뒤로하고 의정부로 온 지 1달 반이 지나갔다. 그곳이나 이곳이나 한 끼의 식사비용은 동일하며, 1인당 한 끼에 1,200원 정도의 원가가 든다. 그래서 하루에는 대략 3,700원 정도가 1인의 식사 재료로 쓰인다고 한다. 그런데 정말 이상하다. 성동에서는 그 금액이 쉽게 이해가 갈 정도로 허술하기 짝이 없는 식사였다. 그래서 대부분 기본 반찬은 별도로 구입해 쌓아놓고 먹는데 멸치, 김, 마늘장아찌가 그 대표였다. 그와 동일한 비용으로 만들어지는 의정부의 식사는 놀라웠다. 수시로 과일이 포함되고 맛집 수준을 능가하는 찌개와 국 그리고 반찬들. 이렇게 말하면 그래 봐야 교도소 음식이지, 라거나 성동의 형편없는 음식과 비교해서 나은 정도로 폄하할 수도 있겠다. 그렇지만 여기 나를 감성적으로 자극하는 음식이 하나 더 있으니 그것이 바로 김칫국이었다.

의정부의 김칫국 맛은 정말로 오래전 어머니의 그 김칫국과 기가 막힐 정도로 흡사했다. 곰곰 생각해 보았다. 공통점이라면 최소의 비용으로 끓인 김칫국. 어쨌거나 의정부의 김칫국은 내 무의식에 잠복해 있던 그 맛의 기억을 끄집어냈다. 가난의 상징이었을 이 음식이 나를 어머니에 대한 그리움으로 젖게 만든다는 사실이 놀라웠다. 겨우 김칫국이.

어떤 날에는 그 김칫국이 반가우면서도 목이 메어와 쉽사리 숟가락을 들지 못했던 경우도 있었다. 그러면 그런 날은 우울했고 이제 50을 넘은 나는 슬픔으로 두 눈이 충혈되기도 했다. 그리고 초가집이 있고 너른 마당과 산수유나무가 있는 그곳으로 꿈처럼 달려갔다.

여름을 돌리던 선풍기가
낯선 가을 벽에 붙어 있다
창밖으로 늘어선 빨래들 사이로
지루한 오후가 서성이고
빈 운동장에 비스듬히 식어버린 계절

구름 지나던 길목 먼 산 초록들은

이별 준비를 하고

우리의 차가워진 방바닥은 언제나 서글프다

공장으로 가는 통로 옆

액자 속에 핀 야생화들이 시들어 가면

우리는 주섬주섬 겨울을 준비한다

운동장 먼 끝 스러진 코스모스가 무리지어 피고

철조망을 따라 보랏빛 나팔꽃이

가을을 지나간다

–「가을에」 전문

중앙선을 따라서

중앙통로는 로마로 향하는 길이다. 여기서는 어디를 가든 중앙통로를 지나야 한다. 길은 약 4미터 정도의 넓이에 바닥은 흡사 주차장처럼 초록색 페인트로 두텁게 도포되어 있다. 양옆으로 창이 나 있지만, 쇠창살이 촘촘하게 박혀있다. 벽면에는 듬성듬성 미술품들이 조악하게 걸려있고 어떤 사람의 호가 담긴 야생화 사진이 나란히 있다. 불쌍한 야생화가 야생에 있지 못하고 징역에 와서 창살 박힌 창가에 걸린 것이다.

중앙통로에는 셀 수 없이 많은 문이 나타난다. 6동을 나오면 전화실, 진정실, 5, 4, 3, 2, 1동, 강당, 교육장, 각 과실, 변호사 접견실, 여자 사동 입구, 면회실 등. 이 통로를 통해 운동장으로 나가고 종교 집회에도 가고 면회도 가며 일터를 오간다.

초록색 바닥 중앙에 노란색 선이 나 있어 좌우를 가른다. 이 선은 언제나 내가 밟아야 하는 위치를 나타낸다. 아침에 이 선을 따라서 일터로 갈 때는 노예처럼 움츠리고 교도관의 눈초리를 애써 외면하며 노역의 장소로 이동한다. 이 행진은 양몰이 방식과 비슷하다. 방목장에서 축사로 이동하는 양들과 그들을 이동을 조종하는 개들. 가끔 우리는 검신기를 통과하고 삐 소리가 울리면 돌아서 그것을 다시 통과해야 한다. 비행기를 타는 것도 아니면서 그 기계를 통과하는 것에 익숙해졌다. 어쨌든 이 노란 선은 우리가 이탈하지 못하는, 이탈할 수 없는 그런 선이다.

노동의 시간이 지나면 우리는 다시 지친 몸을 끌고 그 선을 따라 방으로 들어온다. 같은 선이지만 나갈 때와 들어올 때의 의미는 또 다르다. 들어올 때는 달력에 곱표를 하나 추가할 수 있다는 소소한 즐거움이 덤으로 주어진다. 인간이 죽는 것은 정해져 있지만, 그 날짜가 정해진 것은 아니어서 두려움 없이 사는지도 모른다. 그러나 반대로 이곳에선 나가는 날짜가 정해져 있으므로 두려움 없이 버틸 수 있다. 사람들은 이 생활을 삶의 범주에서 제외하려는 습성을 가지고 있으며, 따라서 시간이 흐르는 것에 대해 위안을 얻는다. 사실 그것이 가장 큰 즐거움이기도 하다.

중앙통로의 노란 줄은 세상으로 나 있다. 사람들은 수도 없이 그 줄을 따라 오가다가 언젠가는 그 줄의 끝자락에서 저 큰 철문을 열고 나가게 될 것이다.

나에게 이 노란 선은 사색하는 길이다. 짧은 길을 오가며 좁은 공간에서 드넓은 세상과 우주의 깊이를 걷는 공간이다. 그래서 이 중앙선은 내게 위안의 선이다. 나는 생각하는 존재가 아니라, 생각이 나의 존재이기 때문이다.

오늘

안개 속에서 사이렌이 울려오고 멀리서 언덕을 오르는 트럭의 힘에 부친 소리가 들려온다. 소리와 희미한 영상들이 창틈으로 새어 들어오는 그 시간에 눈을 뜬다. 옆에는 어제 동료들이 아직 어둠 속에 머물러 있었고 나는 다시 안개에 쌓인 새벽으로부터 새날을 맞는다. 밤을 사이에 두고 오늘이 다시 어제가 되어버리고 기대하지 않던 내일이 오늘이 되어 안개와 함께 창틈으로 구겨져 들어오는 중이다.

창밖 멀리 보이는 높은 산자락을 지나 그 도시 어딘가에서 나의 옛 친구는 이 시간에도 그림을 그리고 있을까. 또 다른 친구는 아마도 도자기를 만들었다가 다시 부수는 것을 반복하고 있을지도 모른다. 그렇지만 그들의 오늘은 아직 어제다. 그들에게는 나의, 내 옆을 지났던 그 시간들이 흐른 것은 아니기에.

어둠이 조금씩 물러간다. 이제 잠시 후 나의 오늘이 무대 위로 오른다. 늘 같은 연기가 반복되는 그 공연을 시작해야 한다. 하지만 오늘은 어제가 아니어서 좋다. 이제 내게는 미래가 있기에. 오늘은 어제가 아니어서 다행이다. 아직 어제로 밀어내야 하는 낡은 오늘이 조금 남아있기 때문이다. 오늘이 오늘이어서 참 좋다.

어둠이 숨죽이며 물러나고
그 자리에 수줍게 안개가 온다
교도관이 호각을 불던
사각형 구령대가 사라지면
안개 덮인 운동장은 온전히 내 몫이 된다

공놀이하던 동료들이
하나둘 떠나가고
낡은 계절 사이로 스미는 하얀 세상
아침이면 높은 철조망이 다시 나를 감싸지만
나는 안개가 되어 첫사랑에게 간다

–「안개」 전문

소녀시대

몇 개의 가요 프로그램이 여기서도 방영된다. 예컨대 〈가요무대〉라는 프로가 있고 〈콘서트 7080〉이 있으며 〈인기가요〉라는 최신가요 프로도 방영한다. 단지 이 세 프로만으로 전 연령대를 아우르는 그 구성력이 놀랍지만, 우리가 주로 음악을 듣는 것은 TV가 아니다.

공장은 언제나 소음이 풍년이다. 열기를 식히기 위해 돌리는 선풍기 소리와 각종 기계와 모터에서 뿜어져 나오는 소리, 온갖 소음의 틈새를 비집고 들려오는 잡담 소리, 그리고 이 모든 것들 위에 온종일 들어야 하는 음악이 있다. 질 낮은 스피커는 가수의 목청이 쉬어 터진 것처럼 변질시켜 흘러 내보낸다. 하루 종일.

여름이 시작될 무렵 예쁘장한 여가수들이 "이름이 뭐예요"라고 물어오는 노래를 하루에 다섯 번은 들어야 했다. 그냥 누군가가 빨리 이름을 대면 그 물음에서 도망칠 수 있을 것 같은 마음이 간절했던 노래였는데, 그 노래가 지나가는 듯하자 이번에는 〈여자 대통령〉이라는 노래가 공장을 강타했다. 그리고 비록 흥얼거림에 불과하지만 여기저기서 그걸 따라 부르는 소리가 들려와, 소음의 목록이 하나 더 추가되었다.

한때는 노래들이 참 재미있다는 생각을 했다. 휘트니 휴스턴의 〈I Will Always Love You〉나 빌리 조엘의 〈Piano Man〉의 감동만은 못해도 아홉 명의 예쁜 여자들이 나와서 "Gee Gee Gee" 하며 군무를 펼치는 것은 참 보기 좋았었다. 사실 완벽해 보이기도 했었다. 그들과 라이벌을 형성했던 5명의 걸그룹도 그랬고, 혼자 밥을 먹고 혼자 영화를 본다며 자랑처럼 그 사실을 외치던 또 다른 그룹의 노래도 훌륭해 보였다.

그렇지만 훌륭해 보인다는 건 만점, 또는 퍼펙트를 의미하지는 않는다. 더구나 이제 그런 노래에서 파격도, 기대감도 이미 멀리 달아나 있었다. 획일적이거나 획일적인 것을 살짝 비틀어 놓은 것이라면 지나친 표현일까. 운동복 입고 중국집 배달원처럼 머리에 헬멧을 쓴다고 해도 그 사실은 달라지지 않았다. 획일화의 또 다른 수단일 뿐이었다. 그렇다고 홍대 근처에서 노래한다는 사람들은 얼마나 또 다른가. 그냥 그 역시도 종류가 다른 획일이라고 해야 할까.

이쯤에서 '도대체 원하는 것이 뭐니'라고 묻는다면 나는 그 대답을 찾는 걸 주저해야 한다. 그래도 유사한 사례는 찾을 수 있겠다. 예를 들어 아일랜드의 시니드 오코너(Sinead O'Connor) 정도의 창작성이라면 어떨까. 교황의 사진을 찢는 퍼포먼스로 독실한 많은 분들의 원성을 사긴 했지만 그래도 그 표현력과 독창성은 인정해야 하지 않겠는가. 나는 아직도 그 빡빡머리의 여가수가 그립고 이제 우리도 그런 도발적인 가수 하나쯤은 있어도 좋겠다.

이제 이 계절을 넘어서서 겨울 어느 언저리에서 다시 아홉 명의 예쁜 여자들이 또다시 이 공장의 낡은 스피커를 통해 나타날 것이다. 조금 지겨워진 그들이지만 공장에서는 의무처럼 그들을 사랑해야 한다.

어느 영혼의 탈색된 머리처럼
잿빛 하늘이 우울한 날
무너져 내린 그리스 신전의
잘린 돌기둥 같은 물탱크들이
빛바랜 파랑으로 옥상에 도열했다
공놀이하던 좁은 운동장은 비워진 채
바닥에 그어진 선들이 허공으로 자라나고
물 고인 끝으로
그들의 통증이 투영되어 남았다
아직 끝나지 못한 장마가
팔월 옥상의 수조 사이로 내려오면
젖은 비둘기들이 여름을 날았다
창살 안 닫힌 창문 아래엔

문신이 있는 그와 족구를 하던 그들이 산다.

나는 그들을 만난 적이 없지만

어느 날 창가에 서서

공놀이를 하며 햇볕을 쬐다가

교도관과 함께 문을 열고 들어가는

그 뒷모습을 보고 있었다

–「옆 사동 바라보기」 전문

시간과 공간

벌써 몇 개월째 공장에 쪼그리고 앉아 커튼에 필요한 고리, 링, 핀 등을 비닐봉지에 담는 일을 하고 있다. 옆의 누군가는 비닐봉지에 시간을 담고 있노라고 말했다. 그리고 나는 기억을 담고 있다고 내 시에 썼다.

시간을 담고 있다는 것은 어쩌면 그 일을 통해 시간을 소모하고 있다는 말의 다른 표현이다. 이것은 미래의 시간을 끌어와 버린다는 의미이기도 하다. 실은 이곳 교도소에서 어떻게 하면 지루하지 않게 시간을 빨리 소비해버릴 수 있는가는 일상적 문제다. 그들은 하루가 갔다고, 이틀이 갔다고, 한 달이 갔다고 또 일 년이 갔다고 좋아한다. 모두 다 한 번뿐인 인생임에도 불구하고. 어떤 면에서 나의 기억을 담고 있다는 표현은 과거를 현재로 끌어들이려는 시도니까 두 개념은 정반대의 이론인지도 모른다. 왜냐면 기억의 존재는 언제나 과거이기에.

실상 현재라는 시간은 존재하지 않는다. 우리가 현재라고 생각하는 것은 언제나 과거다. 그러나 과거는 그래서 존재한다. 어제가 그렇고 그제가 그렇고, 한 달 전이, 10년, 20년 전이 그렇다. 당연히 미래도 존재한다.

내일과 모래와 1년 후, 10년 후가 그런 것이다. 그리고 내일과 모래와 1년 후, 10년 후는 다시 과거가 된다. 결코, 현재라고 할 수 없는 상태에서.

만약에 현재라는 것이 존재한다면, 그것은 아마도 과거와 미래를 가르는 얇은 막에 불과할 것이다. 따라서 그냥 무시되어버리는 그런 순간이 아닐까.

나의 미래였던 1년 9개월이 과거가 되었다. 나의 삶이 얼마만큼의 길이인지 나는 모르지만 훗날 나는 이 시간들을 어떻게 반추할까.

나는 미래에 남겨진 나의 시간들이 더 이상은 비닐봉지에 남겨 신음하지 않았으면 한다. 밤 아홉 시, 스피커에서 다시 쓸쓸한 트럼펫 연주가 흐르는 시간이다. 이 음악은 수면에 대한 강요다. 눈을 감는다. 이제 내일이라는 미래가 다시 나의 과거가 될 차례다.

맨드라미 뽑혀나간 자국 위로
초겨울 추위가 하얗게 앉았다

설핏 바람에 빨간 낙엽이
담장을 따라 쏠리고
그 옆으로 줄지어 출력을 했다

겨울 공장에 쪼그리고 앉으면

내 기억은 플라스틱 조각이 되어

비닐봉지에 담기고

공장 밖 나무에는

나의 망가진 시간들이 시든 잎새가 되어

늦가을로 달려 있었다

–「공장에서 1」 전문

샴푸

영하 이십 도 찬물로
머리를 감는 것은
비듬 같은 시간들을 씻어 내는 것이다

공중전화 부스처럼 생긴
화장실에 앉아
언 샴푸 찍어내어
유기동물의 털처럼 엉킨 머리를 감는다

하늘은 창에 기대어 열리고
벽에 붙은 일그러진 거울 안에
표구된 나에게서
내 잔재들이 물방울이 되어
콘크리트 바닥 위로 떨어진다

어느 땅을 내 두 발이 밟고 서 있는가. 지금의 나는 밤이 지나고 아침이 오면 어디를 향해 갈 것인가. 가끔, 아니 종종 나는 지금의 내 상황이 더럽다는 생각을 한다. 그러나 늘 나에게 선택은 주어지지 않는다. 그 선택은 언제나 내 몫이 아닌 타인(여기서 말하는 타인은 나의 반대 방향에 있는 사람)에 의해 이루어진다. 그래서 나는 그 타인을 지워 내고 참인 나로 복귀하려고 애쓴다.

머리가 너무 아파서 심장이 윽박지르듯 뛰어서 몸을 지탱하기가 힘들 때가 많다. 그리고 그럴 때 나는 두 발로 서지 못하고 무너져 내린다. 묻는다. 내 몸에 무슨 일이 있는 것인지. 정작 나는 내 몸의 주인이 맞는가. 나는 왜 낯선 땅에 있는가.

세상을 살아오면서 나는 얼마나 자유로웠는가. 정확히는 얼마나 자유로운 시간을 누렸는지 반추해 본다. 나는 진정 예술가가 되고 싶었다. 그러나 나는 어딘가에서 멈춰 서고 말았다. 신은 나를 어디로 데려간 것일까.

예술은 다분히 위선적이기도 하고 거짓이기도 하다. 내게도 예술은 온전히 머물지 않았으며, 백지에 남긴 타인의 낙서와도 같았다. 사물과 인식의 대상에게 나는 가슴을 다 열어젖힌 것은 아니었다. 이제라도 나의 행로가 내가 꿈꾸던 방향이었으면 좋겠다. 내 예술의 세계가 가슴을 열어젖힌 것이라면 더욱 좋겠다.

희소성에 대하여

조금 전 연속극 〈내 딸 서영이〉가 막을 내렸다. 의정부에서의 생활 중 금요일 밤을 책임졌던 프로그램이었다. 밖에서 시청률이 40퍼센트를 넘겼다고 알고 있고 당연히 여기서는 99퍼센트도 아닌 100퍼센트였다. 그 연속극이 방영되는 날이면 공장 난롯가에 옹기종기 모여서 스토리를 주섬주섬 얘기하고 또 금방 출소를 앞둔 누군가는 그 연속극을 다 보고 나가겠노라고 출소의 기준점으로 삼은 정도였으니까. 이곳의 금요일 밤은 서영이가 있기에 좋았다.

이곳의 생활은 있는 것보다 없는 것이 훨씬 더 많은 그래서 필요한 것도, 가지고 싶은 것도 많은 곳이다. 더러는 그것이 사고를 부르기도 하지만 그래도 남들이 가지지 않은 것을 가졌을 때 쾌감을 느끼기도 한다. 가령 여기서는 볼펜도 통일되어 있다. 용수철이 들어있지 않아야만 하는 규정이 있기에 다 같은 플라스틱 펜을 쓰지만, 나는 사동 도우미로 일하며 교도관에게 얻은 스프링이 든 흰색 볼펜을 쓴다. 아무것도 아닌데 그냥 튀어 보이는 것도 인간이 가진 심리 중 하나인가 보다. 불행히도 그 볼펜 조각마저도 나중에 감찰을 벌이는 사람(여기서는 기동대라고 하며 흔히는 그들은 검은색의 제복을 입었기에 까마귀라 부른다)에게 빼앗기기는 했지만.

내게서 가장 큰 희소성의 가치를 지닌 것은 커피였다. 나는 오래전부터 커피에 미쳐 살았다. 술을 좋아하지 않는 나로서는 커피가 내가 가진 거의 유일한 취미였다. 처음 성동에서는 크림과 설탕이든 커피를 마셔야만 했다. 그리고 얼마 후 블랙커피가 들어오기 시작했고 나는 조금 더 형편이 나아졌지만, 사람이 만족하는 동물인가. 그래도 어쩔 수 없이 2년간을 그 스틱으로 된 커피를 마셔야만 했다. 그리고 어느 날 소문으로만 듣던 최고급 인스턴트커피를 맛보게 되었다. 이건 이전과 비교하면 거의 아메리카노의 수준이었다. 그리고 공장의 부정한 루트를 통해서 들어오는 그 커피를 나는 매일 맛보는 행운아가 되었다. 그것도 나 혼자만 몰래. 누군가가 말했다, 천국의 가장 큰 기쁨은 고통 받는 지옥을 바라다보는 희열이라고.

지금도 그렇지만 성동에 있을 때도 줄곧 글을 썼다. 성동에는 이런저런 행사가 많이 있었고 나는 자의 반 타의 반으로 문예반으로 등재되었다. 그리고 시를 발표하면 부상이 주어졌는데 한번은 그 부상이 여기서는 돈으로도 구하지 못하는 고급 라면이었다, 그것도 상자째로. 빠르게 내가 그 라면을 가졌다는 소문이 돌았고 나에게 거래가 들어오기 시작했다. 1:3을 제시하기도 했고 1:5를 제시하는 사람도 있었다. 그것은 내가 가진 라면 한 개와 여기서 파는 라면 5개를 교환하자는 뜻이었는데 당연하게 나는 거부하고 그냥 일부를 나누어 주었다.

어디를 가든 어떤 행사에 참석하든 부상은 늘 같은 것이었다. 물론 상장을 주기는 하지만 그건 버리면 그만이다. 당연히 상장 아랫부분에 교도소 이름이 적혀있는데 그걸 어디에 쓸 수 있단 말인가. 출소 얼마 전 천안에서 받은 상장 하나는 기념품으로 간직하려고 가지고 나오기는 했다. 그리고 그때는 부상으로 라면 5박스를 받아서 나누어 주던 기억이 난다.

지방의 어느 교도소에서는 2,500원짜리 담배를 30만 원에 구할 수 있다는 확인되지 않은 소문이 돌았다. 100배 넘는 가격이 붙어있는 건 위험수당이 그만큼 크다는 것일 테다. 언젠가 일하면서 교도관과 나누었던 이야기가 있다. 내가 그 교도관에게 요즘은 비리가 없냐고 물었더니 비리가 없다기보다 비리의 대가가 높아졌다는 대답이 돌아왔다. 수건에 마약 물을 적셔 들어오다 발각된 청주교도소의 재판 결과가 어제 보도되었다. 덕분에 수건도 반입 금지 품목이 되었으니 이제 그 수건은 또 어떻게 구해야 하나. 그러나 어찌 그것만 비리라 할 수 있겠는가. 5억짜리 황제 노역을 판결한 대담한 범죄도 있는데. 내가 처음 일했던 노역 사동에서 하루 5만 원짜리 노동으로 살아가는 불쌍한 노역수들을 많이 생각나게 한 그 사건이.

오늘은 택시 기사를 했던, 운이 나빠 검사에게 차를 받혀 탈탈 털리고 들어왔던 그가 출소한 날이다. 그도 이제 맛있는 커피와 맛있는 라면을 비싸지 않게 먹을 수 있겠구나 싶다. 물론 여기서 파는 질 떨어지는 수건을 쓰지 않아도 되고. 그렇지만 혹시라도 우리가 그렇게 지겹게 먹어대던 훈제 치킨은 생각이 날까, 바깥세상에서도.

기다림에 관하여, 2023

종의 기원을 읽다, 2021

사월에 내리는 눈

외마디 같은 봄
겨울과 여름의 얇은 경계면
그런 날의 눈꽃이
철탑 지나는 산등성에 피었다

새벽 서러운 하얀 꽃이
구름 사이로 나온 햇살에 용해되고
내 겨울은 눈꽃이 되어
함께 녹아내린다

봄은 철탑 위 구름이 되어
전선에 걸려 윙윙거리고
나뭇가지에 묻은 나의 내일이
이슬방울이 되어 땅 위로 퍼진다

날씨가 쌀쌀해지더니 창으로 눈 내린 산 정상이 보인다. 저곳은 수락산의 정상이 아닌, 그리 높지 않아서 철제 고압선이 통과하는 자락인데 그 고압선 주위로 하얗게 눈꽃이 핀 모양새가 마음을 시리게 파고든다.

봄에 내리는 눈은 아리다. 파란 하늘과 이따금 지나는 흰색의 구름을 배경으로 해도 그렇다. 왜냐면 저토록 하얀 아름다움이 결국은 한나절밖에는 버티지 못하고 녹아내리기 때문이다. 그게 4월에 내리는 눈의 운명일 것이다. 한편으로는 싹을 틔우려는 그곳 식물들이나 봄 벌레들에게 저 하얀 아름다움은 또 얼마나 고통일까.

이 봄에 녹아내리는 것이 밤사이에 내린 저 눈만이 아니었으면 한다. 내 곁에 있었던 수없이 많은 이들의 오해와 그리고 단절의 시간으로 멀어진 마음들. 부디 그들이 다시 내게 들지 못하더라도 오늘 오후의 눈처럼 녹았으면 좋겠다. 사월의 눈은 신기루와 같다. 아니면 착시인지도 모른다. 그래도 무슨 상관이랴. 이제 마음마저도 따듯해지는 계절의 중심으로 향하고 있는데.

나는 누구인가

비가 그쳤다. 오월에 내리는 비가 그렇듯 이제 그 초록이 한 뼘 더 깊어졌다. 그리고 그 초록 위로 다 내리지 못한 비가 검은 구름으로 남아 산정상 고압전신주를 지나 어디론가 열심히 달린다.

작은 방에서 석가탄신일 연휴가 그 구름처럼 지나간다. 먹는 것과 TV 시청 외에는 아무것도 할 수 없는 사흘이 지나가는 것이다. 사실은 먹는 것도 TV도 지겹지만, 이곳에선 그것도 하나의 규율이다.

요즘의 고통은 이 공간의 폐쇄성 때문이 아니다. 왜곡된 시간 때문도 아니다. 언젠가부터 맞닥뜨렸으나 회피해왔던 가장 단순하고도 가장 난해한 질문에 답해야 한다는 강박 때문이다. "나는 누구인가?"

여전히 모호하기는 하지만 존재의 맨 밑바닥에 도달한 후에야 조금씩 풀려간다는 느낌을 받기는 한다. 종종 표현의 욕망을 억누르지 못하지만, 머릿속이 얽힌 실타래에 갇혀 매듭을 찾지 못할 때 나는 통증을 느낀다.

지금은 밤 9시. 벌써 방의 몇몇은 잠이 들기 시작한다. 내일부터는 또 다시 노동이다. 나는 나에 대한 질문의 답변에 또 시간을 늦추어야만 한다.

습관처럼 장마가 온다
세상이 빗속으로 떠나고
소리만 허공에 넘쳐 든다

먼 숲 미군부대 담장 불빛이
내일처럼 희미하고
공장 작업대에 남은 아픈 시간들이
묵은 땀 냄새와 섞여 빗속을 배회한다

바람 소리가 좁은 창을 비집고
밤비가 공장과 사동 사이를 서성이면
나의 오늘이 질병처럼 젖는다

어둠을 건너 아침이 온다
비스듬히 선 전신주에서
새들이 젖은 몸을 말리고
빗속에서 핀 나팔꽃이
철조망에 매달려 나를 바라본다

–「장마」 전문

두고 온 고향

산자락에 위치해 밤중에는 서늘하기도 하지만 한낮에는 일찍 온 더위가 30도를 이미 오르내리고 있었다. 이제는 녹음의 색채가 뚜렷해 계절이 초여름에 당도했음을 알게 한다. 나는 이제 세 번째의 여름에 도착한 것이다. 마지막 여름이기도 하니까 어서어서 이 여름의 끝으로 가고 싶은 마음이 담장보다 더 높아져 있었다.

다시 토요일이다. 일주일에 한 번 먹는 아침 식사를 마치고 잠시 여유를 부리기에 딱 좋은 그런 날이다. 게다가 이 아침은 춥지도 덥지도 않으니 창을 활짝 열어젖히고 야트막한 동산이 있는 저 수락산 자락에 빠져드는 것도 낭만적이기는 하다. 물론 창에 쇠창살이 없다면 목을 길게 빼고 더 가까이 다가갈 수도 있겠지만, 그렇게 할 수 없음에 안타까움을 느끼면서.

살짝 흐릿하게 해가 올라온다. 나는 언제나 쾌청한 것보다 오늘처럼 약간 흐린 날을 더 좋아했다. 너무 맑은 날보다는 오늘 같은 날 떠오르는 단어의 양이 더 많은 것이 한 가지 이유였고 정서적으로나 시각적으로 나는 이런 이미지가 더 좋았다.

담장 밖에서 바로 산이 시작된다. 그리고 그 시작점에 서 있는 것이 아카시아나무라는 것을 이제야 알았다. 그것도 그냥 선 것이 아니라 마치 행진이라도 하는 양 간격을 두고 일렬종대를 이루고 서 있다. 이맘때쯤이 그 나무에 꽃이 피는 시기임을 아련한 기억에서 끄집어낼 수 있었다. 아니나 다를까. 이미 창밖으로 나무는 벌써 하얀 칠을 뒤집어쓰고 있었다.

어릴 적 내가 살던 초가집이 단출한 그 마을에서 초등학교까지 4백 미터쯤 될까. 아니면 길어봐야 5백 미터 정도의 거리였다. 금방 도착하는 거리기는 했지만, 중간에 개울을 하나 건너야 했다. 돌다리가 있었고 그 개울가에는 아카시아나무가 크게 자라 그늘을 만들었고 때가 되면 향기를 만들어 냈다. 나는 그 꽃잎을 잔뜩 뜯어와 집에서 키우는 토끼에게 가져다주곤 했다.

고향은 서울에서 가까운 거리였음에도 시골의 정취를 물씬 풍기는 곳이었다. 비가 많이 오면 개울물이 불어나 건너지 못해서 아카시아나무만 바라보고 물소리를 들으며 놀다가 집으로 돌아오기도 했었다.

지금은 알 수가 없다. 아직도 그 아카시아나무들이 그대로 있을지. 만약 그대로라면 그 개울가에도 지금쯤 향기가 퍼지고 있겠지. 그렇지만 그 구불구불해서 더 좋았던 개울이 개발이라는 이름으로 곧게 펴져 있는지도 모른다는 생각에 슬퍼진다.

기억 속에 그 시절을 묻어두고 많은 세월이 흘렀다. 그리고 십 년 전 그 아카시아나무가 보이는 산에 어머니를 묻었다. 그때는 봄이 시작될 무렵이었고 꽃잎은 보이지 않았다.

제자리 달리기

하얀 안개비로 젖은 날

창문 밖 가지 찢긴 전나무를 향해

제자리 달린다

긴 휴식이 언제나 무거운

그 공장의 콘크리트 바닥을 딛고

내일로, 내일로 달음질한다

공장 벽 높이 걸린 시계가

가쁜 숨을 몰아쉬며 함께 달리면

묵은 기억들이 빠르게 내 옆을 스친다

먼 세상으로 한참을 달리고 나면

다시 제자리

내일은 아직 멀고 먼 미지

난롯가에서 동료들이

수다를 떨다가 꾸벅꾸벅 졸린 봄

라디오 소리는 소음이 되어 공장을 채우고

나는 그냥 제자리에서 달린다

–「제자리 달리기」 전문

날짜라는 것은 무엇일까. 시간이라는 것은 또 어떤 의미인가. 누군가가 세월을 보내며 긴 기간을 편리한 대로 잘라서 정해놓은 것에 불과한 것이겠지. 태초에 존재한 것은 그냥 어둠과 빛이었지 시간은 아니었을 것이다.

그러면 그렇게 잘라 정한 기준에 맞춰 이것조차도 기념해야 하는가. 마치 백일 된 만남처럼, 나의 징역 출력 1년도 기념해야 하나. 누구도 그 날짜에 대해 묻거나 말 걸어오지 않아도 나는 성동과 이곳 공장을 합해 그 기념비적인 날짜를 되뇌고 있었다.

재판이 3심제이긴 해도 대법원은 절차의 하자를 따지는 것이니, 그걸 제외하면 2심에서 모든 것이 끝난다고 봐야 한다. 그래도 대법원에 상고하기는 했지만 그건 요식행위임을 알고 있었고 나의 운명은 이미 2심의 선고일인 2012년 4월 24일 화요일에 결정이 난 것이다. 다시 돌이켜 보면 나는 그날 형이 확정되고 버스를 타고 오면서 오로지 한 가지만 계산했다.

그 계산 혹은 생각은 강요와 같이 고통스러운 것이지만 어찌할 도리가 없었다. 이제 내게 남아있는 선택이 모두 사라진 후였기 때문이다. 단 한 가지의 선택은 다시 '삶'이라는 것이었다. 성동구치소로 돌아오자마자 나와 친근했던 그 교도관에게 면담을 신청했다. 눈물이 났지만 최대한 빠르게 일할 수 있게 해 달라고 부탁을 했다. 그 부탁은 거의 '삶'의 선택과 동시에 이루어질 정도로 빠른 것이었는데, 그만큼 나는 심하게 그 재판의 결과가 아팠고 받아들이기가 힘들었다. 살면서 죽음이라는 단어를 가장 가까이에서 체험한 날이었다. 그 4월 24일은. 나는 2년을 계획했다. 이미 살아온 시간과 가석방을 더해 아무리 길어도 그걸 넘어가지는 않겠다는 계산이 나왔다. 어쨌거나 나는 내 결정대로 그다음 주부터 내가 원한대로 원치 않는 일을 시작했다. 그날이 5월 2일이었다. 나는 청색의 조끼를 입고 노역수들에게 밥 주고 물주고 청소하는 것으로 시작해서 하루 12시간을 쉼 없이 일함으로 인해 서서히 고통에서 벗어날 수 있었다. 사실 정확히는 벗어나는 것이 아니라 잊으려는 노력이었지만.

의정부에서도 많은 시간이 지나갔다. 2년을 계획한 내게 그 절반이 지나간 것이다. 그리고 이제 서서히 희망의 싹을 키워가기 시작했다. 공장에서 일한다는 것이 그렇게 녹록한 것은 아니었지만 이것도 어차피 최악에서 버티려는 내 선택이었으니까, 그리고 잘 버텨 왔으니까, 난 그것만으로 충분히 만족하고 있었다. 그런데 과외의 소득도 있었다. 그것은 지식의 습득이었는데 여기서 사람을 만나고 그로 인해 얻어지는 것들은 도무지 교실에서는 불가능한 것이었고 도서관에서도, 책을 읽어서도 가질 수 없는 그런 귀중한 습득물이었다. 살아있는 생명체에서만 뽑어져 나오는 그런 지식들을 하나둘씩 가지게 되었다.

교도소의 노역은 강제규정이었다고 한다. 그리고 아직도 강제인 곳이 있기는 하지만 대부분은 선택에 의함에는 틀림이 없다. 나는 노역을 선택한 것이고 삶을 선택한 것이며 그로 인해 얻어지는 참지식을 선택했다고 믿는다. 나는 얼마나 이 생활이 남아있는지 모르지만, 훗날 나의 완성에 보탬이 되는 시간이라고 믿으며 다시 공장으로 향한다.

장기수와 소년수

장기수는 어떤 사람일까. 사십 초반의 A가 있었다. 성동에 있을 때 내가 일하던 징벌동을 잠시 거쳐 다른 곳으로 이송 갔는데 그의 징역은 도합 27년이었다. 아직은 팔팔하지만, 그가 다시 세상에 나가려면 나이가 칠십은 되어야 한다. 아마 그의 머리는 하얗게 변하고 튼실한 치아도 몇 개는 빠진 후일 것이다. 얼굴에는 깊은 주름이 생기고 허리는 굽고 지금의 사나운 말투는 아마 어수룩하게 바뀌어있을지도 모른다.

더 중요한 것은 삶이 어디에서 끝날지 모른다는 사실이다. 이곳에서 자살이라는 것은 흔하고도 끊임없는 유혹이기도 하다. 삶의 기쁨이 사라진 자리에 죽음의 유혹이 싹을 틔울 테니. 설령 여기에 완벽히 적응해 철창 안에서 행복을 느끼고 배식구를 통해 들어오는 밥에 기쁨을 느낀다고 할지라도 허약해져 가는 몸으로 그 세월을 버티기란 여간 힘든 것이 아닐 것이다. 버틴다 해도 일흔의 나이에 펼쳐질 그의 미래는 또 어떤 것일까. 또 다른 시설을 전전하며 죽음을 생각해야 하는 시간은 아닐지.

지금 이곳에선 24년을 산 사람이 가장 길게 산 사람이다. 그는 이제 1년을 남겨두고 있다. 다행히도 그는 20대에 교도소에 왔고 이제 50의 나이가 되었다. 대략 서울에서 올림픽이 열릴 무렵에 이 생활을 시작했다는 계산이 나온다. 내가 아는 한 출소는 그에게 스트레스다. 매일 그는 세상으로 가는 꿈을 꾸겠지만, 24년 전에 그에게서 세상은 사라졌다.

소년수는 혜택의 존재다. 물론 처음에만 그렇다. 교도소가 아닌 소년원이 그러하며 재판에서도 단기 몇 년, 장기 몇 년으로 나누어 선고하며 잘 버티면 단기로 나간다. 그러나 대부분의 소년수는 가망이 없어 보인다. 그들에게 배움은 가정에서, 친구에서, 학교에서가 아닌 이런 시설에서의 배움이 머릿속 깊이 각인되어 있다. 그래서 소년수의 역사를 갖는 것은 교도소가 그들의 세상이 된다는 의미이기도 하다. 내가 다니는 공장에서 일하던, 소년수로 시작해 온갖 교도소를 들락거리며 지내온 사람이 출소했다. 그가 마치 훈장이라도 되는 양 자랑스럽게 하는 말은 교도소에서 살아온 시간이 13년이라는 것과 전국의 교도소를 줄줄이 꿰고 있다는 것이었다. 그의 나이는 이제 겨우 30 초반이다. 나중에 안 사실이지만 그는 내 예언처럼 출소하고 겨우 6개월도 버티지 못하고 다시 교도소로 들어갔다.

공장에는 또 한 명의 소년수 출신이 있다. 그도 들락거리는 역사를 가진 인물인데 이제 출소가 얼마 남지 않았다. 그 역시 앞서 말한 그와 마찬가지로 예사롭지 않은 언어 실력을 가지고 있다. 어떤 말투를 하면 상대방이 기분 나빠지는지 명확히 아는 듯 나이 든 분들을 잘도 괴롭히고 있었다. 그들에게 나이는 오로지 교도소에서 살아온 나이만 인정되는 것으로 보였다. 그런데 그도 이제 출소가 기쁜 모양이다. 가끔 달력을 쳐다보면서 시간이 느리다고 성화하곤 한다. 그리고 우리는 저 아이는 나가서 다시 들어오는 데 얼마나 걸릴까 하는 이야기를 한다. 단 한 가지 그들이 여기 다시 들어오지 않는 유일한 방법은 그들의 의식 구조를 바꾸는 것인데 나는 아직 생각을 바꾸라는 그 말을 전하지 못했다. 아니 아마도 끝내 못 하리란 걸 알고 있었고 그들은 어쨌거나 연어처럼 회귀할 것이다.

장기수이건 소년수 출신이건 미래가 불투명한 것에는 다름이 없다. 어쩌면 다들 화려할 것처럼 보이는 경제 초범들도 상처 난 몸으로 세상을 온전히 살아가는 것이 그리 호락호락하지는 않을 것이다. 그런 의미에서 나는 나를 다잡는다. 내가 구하고자 하는 것이 어리석음이 아니기를 기도하면서.

비오는 날 9, 2022

비오는 날 10, 2022

태양

작년 겨울의 초입에서부터 시작되었던 머리와 왼쪽 입술의 상처가 반년이 지나도록 낫지를 않는다. 상처는 아무래도 이곳의 증거인 모양이다. 그동안 나는 이곳에서 구입이 가능한 모든 연고들을 발라봤지만 그다지 효과는 없었다. 그래도 그냥 캔버스에 두껍게 물감 칠하듯 바르는 것 외에는 달리 방법을 찾지 못했다.

우리 몸은 모두 자연 물질로 구성되어 있다. 물과 지방, 단백질 등등. 그래서 우리의 삶이 끝나게 되면 화려한 삶이었든 아니었든 간에 모두 동일하게 자연으로 돌아가게 된다.

가끔 나는 연고를 바르며 왜 전혀 낫지 않는지 생각하게 된다. 그리고 이내 태양에서 그 이유를 찾고 결론 내려 버린다. 태초부터 태양은 생명의 근원이었다. 물이라고도 하고 공기라고도 하지만 태양이 없는 생명은 존재하지 않았으니 만물의 시작은 그것이 아닐까. 이곳의 생활이 길어지면서 나의 얼굴은 점차 하얗게 변해갔다. 검은색이 죽음을 상징하는 색이라면 하얀색은 병마의 색인지도 모른다. 아니 분명 그럴 것이다. 그러고 보니 햇빛은 병의 차단 도구였다. 그리고 햇살을 받지 못하는 나는 언제나 상처를 달고 있을 수밖에 없었다.

여기서 내가 취하는 광원은 24시간 동안 켜져 있는 인공광원인 형광등이다. 밤에는 꺼줬으면 싶은 그것이 이제는 익숙해졌다. 요즘은 식물들을 키우는 농장에서 광합성을 할 수 있는 조명으로 되어있다는데 여기도 그렇게 해야 하는 게 아닐까 생각도 해 보았다. 그래서 나는 일주일에 한 번 운동장에 나가면 온몸으로 태양을 빨아들이려 노력을 한다. 그 짧은 시간이라도 태양을 내가 품을 수 있게. 그래서 하필 운동하는 날이 흐리거나 비가 오면 나는 우울해진다. 그 태양을 마주할 수 없기에.

사각 운동장의 먼 끝
낡은 나무 의자 위에 누우면
담장 밖에서 빼끔히 머리를 내민
어린나무가 바람에 아파하고
족구를 하는 그들의 큰 목소리에는
몇 박스의 라면이 걸려 있다

고압 전신주가 있는 산과 하얀 구름이
하이 콘트라스트의 흑백사진 같은 날
가끔 땀방울이 상처 난 곳으로 흐르면

잔디밭에서 이름을 알지 못하는

노란 꽃들이 나를 비웃고

지나던 구름이 얇은 천을 내어

태양을 막아선다

–「일광욕」 전문

펜팔

오래전에 펜팔이라는 단어가 있었다. 30년 전, 아니 그보다 더 오래전에 펜팔은 청소년들의 문화 코드였다. 그 당시 전화도 드물고 더구나 지금처럼 다양하게 소통의 도구가 발달한 상황이 아니니 우표 한 장 붙어서 가주는 편지가 최선의 소통이었을 것이다.

이곳에서의 소통은 면회를 제외하고 전화가 월 3회가 주어진다. 3분간의 그것이야 용무를 보는 정도이지 충분한 바깥세상과의 교감의 장은 되지 못할 것이다. 그래서 주말이 되면 너나 할 것 없이 편지 쓰는 일에 몰두하게 된다.

성동에서 사동 도우미를 할 때 같은 방에 유난히 편지를 많이 쓰는 동료가 있었다. 그의 취미는 등기 우표를 열심히 소진해가며 이곳의 시간을 죽여 가는 것이었다. 등기 우표는 오늘 보낸 사연이 내일이면 전달되는 우체국의 참 좋은 서비스였다. 그가 주로 편지하는 곳은 부산교도소의 어느 여자수용자였다. 이른바 시간 깨기로 펜팔을 하는 중이었다.

물론 그 시간 깨는 것은 보내는 사람이나 받는 사람이 모두 같은 마음이겠지만. 그가 가끔 그곳에서 온 편지를 내게 보여주곤 했다. 그 여자는 마약 사범이었다. 그 사실은 안 우리는 "너는 다음번에는 마약으로 들어오려고 작정을 했구나" 하며 놀렸다. 내가 그 방을 떠나 의정부로 오고 그의 출소로 인해 나와의 소식도 끊어졌으니 그와의 인연도 그걸로 다한 것이지만.

T는 공장에서 함께 일하는 동료다. 62세인 그는 80세쯤은 되어 보인다. 몇 가닥 남아있지 않은 머리는 백발이었으며, 치아가 얼마 없고 주름이 많다 보니 그럴 만도 했다. 그는 1조의 조장이었고 나는 2조의 조장이었기에 그와는 대화 기회도 많았고 비교적 따듯한 심성을 가진 분이었다. 어쩌다 술을 이기지 못하고 폭력을 휘둘러 이곳에 오게 되었다는 분이었다.

그는 누군가의 소개로 원주교도소에 수감되어 있는 여자와 펜팔을 하며 주 1회씩 편지를 주고받는다. 그냥 가끔씩 그것으로 인하여 활력을 얻을 수 있다면 나쁠 것이 없지 않겠냐며 편지에 대해 이것저것 물어왔다.

어느 날 그가 그 여자에게서 온 편지를 보여 주었는데 거기에는 헤르만 헤세의 그 유명한 아브락사스(Abraxas)를 향해 날아가는 새의 구절이 인용되어 있었고, 그는 이게 무슨 뜻이냐고 내게 물어왔다. 나는 상세하게 설명을 해드렸고 내 말을 들은 그의 입가에 인자한 미소가 감돌았다.

나는 그에게 내가 가지고 있는 책 중에서 인용구를 정리해 그에게 전해 주었다. 그것은 하이데거가 인용했던 쉘링의 구절이었다.

어느 날 그가 다시 내게 편지가 왔다고 하며 제법 심각한 내용을 얘기했다. 나는 한참을 고민하다가 이젠 그만 닫으시라고 어렵게 말문을 열었다. 그가 왜 그렇게 해야 하냐고 묻기에 이게 더 지속되면 슬퍼질 사람이 많아질 것 같다고만 말해 주었다. 그로부터 며칠이 지난 후 다시 그가 내게로 왔다. 그리고 이제 닫았노라고 쓸쓸히 얘기해 주었다. 밤꽃이 담장 밖으로 하얗게 피어있었다. 그리고 나는 그와 함께 먼 여행을 계속하고 있었다.

"홀로 자신의 밑바닥에 도달하였으며
삶의 깊이를 전부 알게 되었고
어느 날 모든 것을 비웠고 모두 비워졌다.
그에게 모든 것은 무너졌고
그는 무한과 함께 홀로인 자신을 보았다.
이는 플라톤의 죽음에 견주어 보았던 거대한 발걸음이다."

– 하이데거가 인용한 쉘링

출정

1.

오월이 시작되었다. 이제 출력을 시작한 지도 1년이 지나고 있다. 성동의 절망에서 출력 신청을 하고 노역, 징벌, 신입동을 거쳐 여기 공장에서의 생활도 이제 6개월이 지나갔다. 곰곰 그 세월을 곱씹어보면 그 어둠 속의 잡념에서 벗어나 그나마 생명을 유지할 수 있는 유일한 방법이 일하는 것이었다. 휴일 없이 하루 12시간의 중노동이 아니었다면 나는 생존 자체가 힘들었을 것이다. 이제 의정부에서도 지쳐가는 시기가 왔다. 벌써 오월이니까.

오월의 시작은 출정이었다. 또다시 공포의 시간이 온 것이다. 이제 그런 일은 없을 줄 알았는데 다시 두 개의 수갑을 차고 온몸과 두 손목이 묶인 채 버스에 올라 낯익은 검찰청으로 향했다. 그리고 예전의 수모의 현장인 그 사무실로 들어섰다. 그를 만났다. 2년 전 나를 수렁으로 몰고 도주, 잠적해 버린 그가 내가 이만큼의 생활을 한 후에야 잡혀 온 것이다.

수의를 입고 초췌한 모습의, 게다가 불쌍해 보이려는 의도인지 어울리지 않는 수염까지 기른 그를 마주하는 순간 나는 나의 고통스러운 시간을 떠올리는 대신에 이게 웬 떡이지 하는 감탄사가 나올 뻔했다. 어쩌면 오늘 하루는 재미있을 것 같기도 했고.

2시간에 걸쳐 나에 대한 참고인 조사가 있고 나서 드디어 그와의 대질이 이어졌다. 그의 횡설수설에 수사관들이 짜증을 내고 나도 거드는 마음으로 한마디씩 시작했다. "야, 너는 2년이나 도주를 했으면 더 확실하게 해서 잡히질 말아야지, 그리고 잡혔으면 스토리 구성이라도 탄탄하게 해 왔어야지, 그래야 수사관들이 잘 속을 것 아냐." 그는 내가 하는 공박에는 답변하지 못했고 수사관도 어느 정도의 심증을 굳힌 듯 보이기는 했다. 물론 나는 이제 이 사람들을 믿지 않지만. 다시 거들었다. "너 참 불쌍하다. 나는 이제 2년 살아서 별로 두려움이 없는데 그래서 여차하면 그냥 내가 다 뒤집어쓰고 혼자 살아도 내년이면 나가는데, 그렇게 해주고도 싶은데, 그래도 진실이라는 것은 있어야 하니까 불가능하겠다. 미안하구나. 그렇지만 이 말은 해줄게, 내가 재판받아 봤는데 어차피 나가기는 글렀으니까 빨리 인정하고 반성문도 쓰고 해서 최대한 짧게 받아라. 그리고 의정부로 이송 와라. 의정부가 성동보다 밥이 훨씬 더 좋고 방도 넓으니까." 나의 여유에 검사실에 폭소가 터지고 함께한 교도관들도 기분 좋게 웃어주었다.

2.

한동안 주춤했던 장마가 본격적으로 다시 시작하는 날, 그 빗줄기가 공장 지붕에 부딪혀 시끄러운 소리를 내는 날 나는 다시 출정 길에 올랐다. 이제 이 수갑도 마지막이라 생각하면서. 빗줄기를 가르며 비록 변두리기는 하지만 그래도 오랜만에 서울의 영역으로 들어가는 날이다. 나는 이번 출정에 부담이 없었다. 왜냐면 이제야 잡혀 재판을 받는 불쌍한 그 중생의 증인이 되어 가는 날이니까.

공장에서는 벌써 예약이 들어와 있었다. 증인으로 법원에 출석하면 하루 5만 원을 주는데 그건 여기 노동에 비하면 고액이니까 먹을 것을 사달라는 요구가 애교 수준으로 이미 예약이 된 터였다. 물론 웃으며 그 정도는 기꺼이 응하는 것이 지루한 이 생활에 도움이 될 거라 생각되어 응했지만 내심은 그런 돈 챙기기 싫다는 생각이 더 지배적이었다.

2년 만에 그 길을 다시 걸었다. 버스가 검찰청 주차장에 멈춰서고 나는 지하 통로로 된 길을 따라 걸었다. 정말로 만감이 교차했다. 그것은 악몽의 기억을 따라 걷는 것이기도 했다. 나는 2년 전의 시간을 다 기억하려는 듯 천천히, 천천히 교도관과 함께 마치 감상이라도 하듯이 걸어갔다. 그리고 아픔과 고통의 2년을 되살려보았다. 2년이라니….

재판장 한쪽에 붙어있는 대기실도 참 오랜만에 앉아보는 곳이었다. 깔끔한 예전의 모습은 그대로였고 밖이 하나도 보이지 않는 건 그때나 지금이나 사람을 주눅 들게 만들기에 충분했다. 다시는 만나고 싶지 않은 얼굴도 저쪽 구석에 자리 잡고 있었지만 나는 피해서 자리를 지켰다. 교도관이 내게 서명해야 하는 용지를 들고 왔다. 하나는 증인으로의 인지 사항이 적혀있고 하나는 내게 지급되는 비용이 적혀있었다. 오늘은 고수익의 날이군.

그다지 재미있어 보이지 않는 검사가 질문하면 나는 사실대로만 대답했다. 이미 2년을 살았으니 두려운 것도 주저할 이유도 없었다. 그의 변호사의 차례가 되었다. 변호사니까 머리가 나쁜 것은 아닐 텐데 이 사람은 참 어리석었다. 그는 자기 쪽이 오히려 수렁에 빠질 수 있는 증거를 내게 제시하고 나는 그냥 비웃을 수밖에 없었다. "참 재미있네요"라며 비아냥거리기도 하고. 그는 사건이 일어나기 훨씬 전에 그와 통화한, 나는 기억도 나지 않는 것을 가지고 와서 내밀었다. 그래서 내가 말했다. "그걸 왜 녹음했는데요? 아마 사고 치려고 미리 내게 그물을 친 모양이군요"라고 하자 아무 대답도 하지 못했다.

그냥 모든 것이 다 쉽게 끝나버렸다. 사실에 입각한 판결을 기대한다고 판사에게 말하고 피고에게는 나의 마지막 남은 애정이라며 사실대로 말하고 나머지 인생의 무게를 가볍게 하라고 말했다. 그렇지만 나는 여기에 더 기대할 것이 없다는 사실도 이미 알아버렸다.

나는 이제 여름을 지나 가을과 겨울로 가려고 한다. 그리고 좀 더 밝은 세상으로 떠나려고 한다. 돌아오는 길에 다시 세찬 비가 내렸다. 지난 2년 동안의 내 눈물이 비가 되어 내리고 있었다.

단상

1.

아침 햇살이 창밖 옆 사동 옥상의 청색 물탱크 옆면으로 살포시 든다. 안개일까, 구름일까. 분간이 어려운 하얀 무리가 산등성 고압전신주를 가리고 있다.

오늘은 또 어떤 하루일까. 가을이 오는 저 아침 햇살처럼 상큼한 날일 수 있을까. 아니면 그냥 다시 습관적으로 작업대에 앉아 비닐봉지에 플라스틱 조각을 담고 시간이 되면 휴게실에 앉아 향기 없는 커피를 홀짝이며 그러다가 식어버린 밥이 오면 허기를 채우는 그런 하루일까.

베이비부머들이 지구 역사상 가장 호사를 누린 세대라고 한다. 그리고 나는 그 부류에 속한 세대다. 나 역시 배고프면 밥 먹는 데에 아무런 제약도 문제도 없었다. 성장기에서부터 줄곧. 내 부모세대가 어떤 고통을 감내했는지는 내 몫이 아닌 듯 짐짓 모르는 척하며.

생각이 증식을 거듭할수록 지식의 허기를 많이 느끼게 된다. 그리고 그 배고픔을 이기는 유일한 방법은 책이다. 타인의 지식이 글자로 전환되어 내게 이식되는 건 쾌감이지만, 가끔은 불쾌한 책이 오기도 한다. 굳이 또 하나의 허기를 채우는 방법이 있다 한다면 그것은 사색이 될 것이다. 그렇지만 온전한 혼자만의 시간은 화장실에서 일뿐이니 어쩌겠는가. 다수 가운데에서 혼자가 되는 방법을 터득해야 한다.

2.

TV에서 영상들이 시청하지 않는 시청자를 향해 소란을 떠는 일요일이다. 배우가 울고 소리치지만 우리는 그저 편지를 쓰고 바둑을 두고 책을 보거나 낮잠을 잔다.

구름 사이에서 태양이 머물면 오후의 햇살이 창살에 걸린 수건들을 지나 방으로 든다. 가을이다. 이 계절은 아주 잠시만 내게 머문다. 왜냐면 이곳의 가을은 대부분 생략되어지고 아주 짧은 시간이 선물처럼 주어질 뿐이기 때문이다. 그래서 이제 겨울의 시작이기도 하다. 길고도 지루할 겨울이 상상이 아닌 현실로 곧 다가온다는 얘기다.

이곳에서 시간이 간다는 건 누구에게나 즐거움이다. 아무리 혹한이라도 계절이 바뀐다는 것은 축복이 아닐 수 없다. 사실은 그렇지 않아야 함을 알지만. 아껴서 사용해야 하는 소중한 순간들이지만 지칠 대로 지친 우리에게 그런 여유는 없다. 우리는 징역의 시간을 인생의 시간에서 제외시키는 것으로 시간이 가는 것의 즐거움을 합리화한다. 결국 나이 들어 늙어가고 죽어가는 것에는 정지됨이 없음을 알고 있음에도 불구하고.

시원한 바람이 산등성에서 내려오고 그 바람을 맞는 노란빛의 햇살이 낯익은 얼굴로 다가온다. 작년 가을에 이 방으로 왔으니 이제 여기에서도 기억이 쌓이고 그때처럼 잠자리들이 창으로 날아온다. 이제 그들이 내게 가져오는 것은 서글픔이 아닌 희망인데 왜 시간이 흐르는 것이 즐거움이 아니겠는가.

운동장의 끝 석고상 주변으로 코스모스가 활짝 피어있다. 그러나 시간이 지나면 이들도 떠나겠지. 사람들처럼 그렇게 떠나가겠지. 그리고 떠나간 자리로 눈이 내리고 추위가 들이닥치겠지. 결국 자연도 인간도 나도 하나임에 틀림이 없겠지. 저 맨드라미와 코스모스와 내가 같은 운명을 지닌 것처럼.

올해도 어김없이 공장으로 가는 그 담장 옆에도 저 꽃들이 피었다. 내 책갈피에 그 꽃이 담긴 지도 1년이 지나간 것이다. 나는 한동안은 1년 전을 추억하며 그 담장 옆을 지날지도 모르겠다. 작년 가을 그 맨드라미는 큰 상처였다. 그리고 그 상처에서 흘러내린 핏자국과 같은 기억이었다. 그러니 지금은 그 슬픔을 추억해야 하지 않을까.

드라마가 아닌 인생은 없다. 사람들은 각각 자신이 주인공이 되어 자신의 드라마를 쓰는 중이다. 이 방에서도 지금 7편의 드라마가 쓰이는 중이고 나도 그 한편을 만드는 중이다. 세상 살면서 한 번쯤은 이 드라마도 단조로움을 탈피하는 것에 도움이지 않을까.

가을에는 많은 이별을 한다. 이제 이별해야 한다. 겨울이 오기 전에 운동장 끝에 핀 코스모스와 맨드라미의 추억과도 이별해야 한다. 이제 이 시간들이 온전히 내 책갈피 속으로 몸을 숨기리라.

주말 풍경

개그맨이 나오는 프로에서 한바탕 시끄러움이 지나더니 다시 오래전의 연작영화인 〈Band Of Brothers〉가 지루하게 시작되었다. 이내 방 안의 분위기가 급속도로 변해버렸다. 좀 전에는 일사불란하게 TV를 향했던 시선이 흩어지기 시작한 것이다. 한쪽에는 바둑판을 사이에 두고 심각한 고민과 지루한 공방을 반복하고 있었다. 학교에 다니던 시절 한국 학생들이 판화 작업실에 바둑판을 비치해놓고 거기에 우주가 있다느니 하면서 허세를 부리던 생각이 났다. 그런데 여기에서는 시간을 죽이는 도구 역할을 톡톡히 해내고 있었다. 특히 오늘 같은 일요일, 더욱이 TV가 따분해지면 그것은 더 큰 위력을 발휘했다.

어느새 폭우로 내리던 것이 그치고 한층 밝아졌다. 그러고 보니 산등성의 고압전신주가 이제 눈에 들어오기 시작했다. 창가에 앉아있는 나보다 나이가 다섯은 많은 그 사람은 언제나 주역을 공부한다. 그것도 하루 종일. 그리고 그것에 관심이 없는 나는 저분이 나가면 점쟁이가 되는 것일까 생각했다. 무슨 상관이랴, 점쟁이든 무당이든 내게는 단어만 다른 것이고 사람의 욕심이 만들어 낸 쓸모없는 허깨비놀음이란 걸 익히 아는데.

또 한 사람은 중국어 공부를 한다. 분명 둘 중 하나다. 징역이 기회이거나 아니면 여기가 지루하거나. 그런가 하면 방의 또 한쪽에는 하루 종일 편지 쓰기가 시작되었다. 얼핏 보기에 일요일이면 10통의 편지는 마치는 듯 보였다. 사실 나는 알지 못했다. 요즘 세상에 우표가 붙어있는 편지를 받을 때의 기분이 어떤 것인지. 더구나 그 편지가 교도소에서 출발한 것일 때의 느낌은 또 어떨지.

아무도 안 보는 TV를 끌 용기를 가진 사람이 없었다. TV 속에선 그냥 미군 병사들이 지루한 스토리를 자기들끼리만 지속하고 있었다. 우리 중 누구도 눈길을 주지 않았지만, 그 배우들은 열연하고 있는 것이 틀림없었다.

시간이 되면 구멍 뚫린 벽으로 하루 세끼가 꼬박 들어왔다. 그리고 식사는 그곳을 통해 오는 것이 옳다는 듯이 잘도 받아먹었지만 나는 가끔 사료를 씹는 기분이 들었다. 하루 종일 방을 벗어나지 못하는 운명이긴 하지만 그들의 룸서비스는 오늘도 신속하고 완벽하게 이루어진 모양이다. 커피 물이 몇 번에 걸쳐 들어오고 우린 그럴 때마다 과자 부스러기를 오물오물 씹는 일요일이었다.

장마철인 요즘은 마르지 않는 빨래에서 냄새들이 방으로 퍼진다. 우린 종종 연성 세제를 스프레이에 넣어 그것을 향해 무차별 살포하는 것으로 극복하려 하지만 여름은 그 냄새와 함께 사는 것임도 이미 알고 있었다. 결국은 이 여름이 이렇게 지루하게, 이렇게 냄새나게, 이렇게 우울하게 지나가리라.

나는 안다. 여기 6중 6방은 우리 7명 중에 누구 한 사람의 영혼도 여기에 가두고 있지 못하다는 사실을, 그래서 바둑판에, 주역에, 중국어책에, 편지에 집중하려 든다는 사실을 이미 안다. 아마도 일곱의 영혼은 저 산등성보다 더 먼 곳에 있으리라.

편지를 쓰는 것은
주말의 긴 시간을 비켜 가는 것이다
지루한 일상들이 글이 되어
종이 속으로 곱게 접힌다

한 올 한 올 그려진
시린 아픔들이
우표처럼 봉투에 서럽게 붙어
그리운 이에게로 간다

편지를 쓰는 것은

그리움을 기억 속으로 배달하는 것이다
오래전에 뜯겨나간 얼룩진 이름들이
빳빳한 봉투에 다시 적힌다

가끔 소식들이 봉투에 담겨
여름처럼 담장을 넘어온다
봉투를 열면 낯선 향기가 창살 사이로
상처처럼 퍼져 나간다

–「편지」 전문

한 팩의 소주

특식이라는 게 있다. 일반적으로 국경일 그러니까 삼일절이나 광복절, 석가탄신일, 크리스마스 같은 날에 제공되는 것인데 기본적으로 한 끼의 식사는 보리가 포함되지 않은 흰 쌀밥을 주고 때로 과일이나 떡이, 여름철에는 아이스크림이 나오기도 한다. 아주 가끔은 백숙이나 질 낮은 고기가 볶음으로 나오기도 한다. 형편없는 목록이기도 하지만 돈을 주고도 마음대로 물건을 사지 못하는 이곳에서는 그래도 목 놓아 기다릴 수밖에 없는 음식이다. 그러고 보면 돈을 주고 물건을 구입하는 것도 자유 중 하나인 모양이다.

나는 그 특식이라는 것으로 인해 발칙한 상상을 해 보았다. 밖에서는 너무나 흔한 일이지만 이곳에서는 생각조차도 힘든 그런 것이 특식으로 제공되었을 때 일어나는 일을 상상하는 것이다. 그리고 그것을 소주로 정했다. 단 유리는 흉기로 변할 수 있으므로 야구장에서 흔히 보이는 종이팩 소주로 정해 보았다.

술이라는 것은 여기 사람들의 관심 품목 중 하나다. 그리고 술 때문에 여기에 온 사람들도 여럿인 게 사실이고. 들은 이야기로 술을 제조하다가 걸린 적도 예전엔 많이 있었다고 한다. 그건 빵과 발효유, 즉 야쿠르트만 있으면 가능하다고 한다. 둘을 섞어서 따듯한 곳에 놓고 일정 시간이 지나면 발효되어 알코올이 생성되는 그런 원리인 모양이다. 그래서 예나 지금이나 교도관들이 가끔 방을 검사할 때 그것도 검사 품목 중 하나가 되었다고 하지만 나는 아직 그렇게 술을 만드는 것을 보지 못했다. 또 단속에 걸리면 온갖 수모와 불이익을 다 받는데 그렇게까지 먹어야 하는지도 모르겠고.

여기는 모두 짧게는 몇 달에서 몇 년, 길게는 이십 년을 넘겨 사는 사람도 있다. 그렇게 오랫동안 술은 마셔본 적이 없을 터이니 한 팩이 아니라 아마 한 잔 정도면 대부분은 몇 병 마신 듯이 취해버릴 게 틀림없다. 그래도 첫 번째 부류의 사람들은 일단 팩을 오픈하고 성급하게 마시고 볼 것이다. 그리고 시간이 지나 깨어나면 정신이 들어 자신이 황금보다 더 소중한 것을 순식간에 없애버렸음에 후회하게 될 것이다.

두 번째 부류는 아마도 그것을 개봉하여 주스 병이나 사이다 병에 넣어 물로 희석한 다음 그 양을 늘릴 것이다. 성능이 좀 떨어지겠지만 생각날 때 한 잔씩 하기에는 더없이 좋은 방법이다. 여기는 영리한 사람들이 많기에 충분히 가능한 시나리오가 된다.

세 번째 부류는 그냥 보관하는 것이다. 이는 참을성이 많거나 아니면 술을 별로 좋아하지 않아야 가능하다. 또 인성이 좋아서 남들이 개봉했을 때 살짝 편승하는 방법을 택하여 자신의 보석 같은 그걸 지키는 것도 가능은 하다. 처음에는 모두 공평하게 하나씩 가졌지만 이쯤 되면 가진 자와 가지지 못한 자로 나누어지게 된다. 그래서 희소성에 따른 가치의 상승이 발생한다. 시간이 경과할수록 이것의 교환가치가 상승한다는 의미가 되는 것이다.

여기서는 돈을 가질 수 없는 곳이며 단지 영치금이라는 숫자만 존재할 뿐이다. 흔히 우리는 화폐의 본위를 물만 넣으면 바로 먹을 수 있는 한 박스에 16개가 들어있는 라면을 기준으로 삼는다. 그리고 우리는 그걸 재미 삼아 현재의 화폐 기준인 금본위제도에 빗대어 '라면본위제'라고 한다. 어쨌든 그 소주 한 팩은 라면 한 박스가 될 것이고 그 가치는 순식간에 솟구쳐 몇 박스를 주고도 구하지 못하는 핫 아이템이 될 것이다.

술을 좋아하지 않는 나는 분명 그냥 보관만 할 것 같다. 물물교환도 피하고 희소가치는 시간이 지나면서 더 커지고 나중에는 금덩이를 가진 유일한 사람이 될지도 모른다. 그러면 아마도 그때쯤이 거래의 적기가 되지 않을까. 물론 거래조건은 내 맘대로.

비오는 날-기다림에 관하여, 2022

비오는 날 4, 2021

거울

거울 앞에 서면 한 형상이 나타난다. 그것이 질료와 구조로 이루어진 것임은 분명하지만 나는 그것이 반드시 나임을 확신하지 못한다.

거울은 시간을 비추는 도구다. 가끔 거울 앞에 서면 거기에 나타나는 낯익은 사람의 과거가 보인다. 아슬아슬하게 세상이라는 미로를 헤치고 다니다가 결국에는 그 세상에 의해 채집되어 상처 입고 비틀거리는 형상이 잡힌다. 시간을 흘려보내며 주름의 깊이가 더해지고 늘어가는 흰 머리를 받아들이지 못하는 그 사람의 과거가 투영된 것이다. 거울은 앞에 선 사람에게 그에게 다가올 시간을 안내한다.

거울은 삶의 지식을 투영한다. 바이런은 슬픔이 지식이라고 말했다. 거울은 언제나 내 슬픔을 간직한다. 이곳에서 거울은 흡사 지식의 우물과 같다. 깊이가 가늠되지 않는.

거울은 화장실 벽에 붙어있는 도구였다. 형상 전체를 온전하게 비추는 것이었다. 그런데 성동의 화장실은 거울이 없다. 그것은 차라리 다행이었다. 화장실에 서면 양쪽 벽에 끼인 사람이 될 정도로 좁은 공간에 거울을 붙여 어디에 쓸 수 있을까. 그렇지만 거긴 화장실 문 옆 사용하지 않는 싱크대 위에 작은 거울 하나가 아슬아슬하게 붙어있다. 그 거울은 플라스틱으로 만든 것이다. 아마 옛날의 청동거울과 지금의 유리거울의 중간쯤 진화한 것으로 보였다. 유리거울을 놓는 것은 불가능한 일이다. 숟가락, 젓가락이 쇳조각이라 흉기를 만들 소지가 있다 하여 불편한 플라스틱을 사용하는데, 깨기만 하면 사람을 잡을 수 있는 그게 있다는 것은 상상에서나 가능한 일이다.

여기 플라스틱 거울은 언제나 일그러진 모습을 보여준다. 애초에 플라스틱의 본질이 그렇듯 얼굴이 길어지기도 하고 좁아지기도 하는. 거울은 거울 앞에 선 사람의 인격을 마음대로 유린한다. 그 앞에서 나는 언제나 낯설다.

의정부의 화장실은 성동보다 훨씬 넓고 밝다. 그리고 그 플라스틱 거울에 금이 간 채로 벽에 매달려있다. 나는 가끔 그 거울을 닦고 내 모습을 비춘다. 그리고 거울은 언제나 디테일이 궁핍한 내 모습을 그려낸다. 그 거울에서 흰 머리도 사라지고 주름도 자취를 감춘다. 세월이 사라지는 것이다. 어느 날에는 형상이 모두 사라지고 마침내 추상의 내가 한 마리의 나방으로 변신해 거울에 투영되어 흘러내리는 물방울을 온몸으로 맞고 있었다.

암흑막이 창에 덧대어진 시간
졸린 형광등이 지쳐 깜박이며
온 밤이 여름으로 흐른다

밤나무 숲에서
고된 날갯짓으로 온 나방 한 마리
콘크리트 벽과 부딪히다가
잠자는 동료의 이불 위로 떨어진다

꾹 누르면 사라질 생명
창밖으로 던지면
펄럭거리며 잡초 위로 떨어진다

김이 서린 거울을 문지르면
나방처럼 생긴 낯선 초상이 나타난다
그리고 그의 얼굴 위로 물방울이 흐른다

–「자화상」 전문

교도관과 수용자

'홀로'라는 말을 너무 일찍 알아버렸다. 그리고 그것이 본질의 문제라는 것도 눈치채 버렸으니 이십 대에는 고독의 맛을 알아 그것을 즐긴 시기이기도 했다. 분명 그랬다. 고독은 고통이 아니라 내가 내 방식으로 즐길 수 있는 즐거움의 하나였다. 곰곰 되씹어 보면 이곳 생활이 2년간 지속되면서 누군가가 내 옆에 없던 적이 없다. 누군가는 감시하기 위해 옆에 있고 또 많은 이들은 좁은 공간에 함께 수용되어야 하기에 그냥 같은 자리에 있는 것이다.

그런데 공교롭게도 지금 그 외로움을 느낀다. 그리고 그것은 즐거움으로의 고독이 아닌 고통으로의 그것이다. 나는 언제나 기꺼이 고독을 맞이하는, 그래서 자유로운 내일을 상상하지만 아직은 먼 미래인 모양이다. 인간이든 동물이든 본질적으로 혼자인 건 맞는 얘기다. 아니 인간이 동물에서 구분되는 것이 아니라 그냥 그 범주에 놓아도 문제가 없을 만큼 유사한 부류일 것이다.

교도관이란 높은 담장 안쪽에서 일어나는 모든 일을 관장하는 직업을 자의에 의해서 가진 사람이다. 그들은 교정과 교화를 얘기하지만, 그건 그들의 외침에 지나지 않으며 오히려 그들은 편리하게 사고 없이 하루하루 그들의 생을 지워가며 사는 그런 사람일지도 모른다는 생각에 슬프다.

수용자(여기서는 죄수라 부르지 않는다. 그래서 착각하기도 함)란 누구인가. 그들은 모든 면에서 자신이 유리한 쪽으로, 편리한 쪽으로 그리고 부끄럽지 않은 쪽으로 생각하는 사람들로 전국적으로 5만 명에 이른다. 이들은 이곳에서 생활하는 기간과 정비례하여 사고하는, 능력의 뚜렷한 한계를 보인다.

오래전 어느 지인의 집에 검은색 털로 뒤덮인 작은 강아지 한 마리가 있었다. 이 강아지는 성격이 난폭하기가 그지없어 주인이 다른 사람과 친근함을 과시할라치면 짖고 물어뜯는 소동을 부렸다. 그러다가 주인이 안아주면 양처럼 조용해지기를 반복한다. 아마도 이 강아지는 자신이 그 주인의 자식쯤으로 판단 또는 착각하고 살아가는 것임이 분명하다. 그래서 질투의 감정을 유감없이 드러내 보이는 것이다.

수용자들은 그들 스스로를 군대에 와있는 병사 정도로 인식한다. 그리고 교도관을 장교들 정도로 여기며 실제 많은 행동이나 말투에서 그 군대의 전통을 따라간다. 물론 교도관들은 그렇게 생각하고 있지 않음에도 불구하고 말이다.

사동 도우미를 할 때의 기억에는 다른 많은 사동 도우미들이 대충 교도관들의 행태를 따라하며 방에 있는 사람들에게 군림하려 드는 것을 볼 수가 있었다. 또 최근에 같은 공장을 다니는 동료에게서 자신은 자꾸 군대에 와있는 착각이 든다는 고백을 받은 적이 있다. 그러니 지인의 집에서 키우는 강아지와 사람에게서 뭐 그리 많은 차이점이 있을까. 그냥 상황에 맞추어 편하게 생각하며 적응해 살아가는 동물에 불과한 것이지.

아주 가끔 교도관들이 사격연습을 한다. 갑자기 궁금해졌다. 옛날 군대 생활을 할 때 사격장에 있는 표적에는 인민군의 모습이 있었는데 여기 교도관들이 하는 사격 표지판에는 정말, 혹시나, 수의를 입은 우리들의 모습이 그려져 있는 것은 아닐까 하는.

눈의 퇴화

날씨가 신선해지는가 싶더니 바로 추석 명절로 연결이 된다. 벌써 세 번째의 추석이고 올해는 닷새간의 긴 휴무로 이어진다. 우리에게 명절이 반가울 리 없는 것은 단지 집으로, 고향으로 가지 못한다는 이유에서만이 아니다. 좁은 방에서 여럿이 뒹굴다가 뻔한 음식 먹고 그들이 틀어주는 상큼하지 않은 TV 보는 것에 지치기 때문이다. 또 운동장에조차도 나가지 못하고 꼼짝없이 갇혀있음에 대한 답답함도 그 이유 중 하나다.

여기서는 일주일에 한 번 제한적으로 약품을 구입한다. 물론 약국에 있는 모든 약이 아니라 이들이 정한 50여 종류의 약품 중에서 선택하면 영치금으로 계산되고 며칠 후에 전달이 되는 것이다. 그런데 이 50여 종의 약품은 시간이 지날수록 신기하다는 생각이 든다. 여기 징역에서 걸릴 수 있는 모든 병이 그 안에 포함되어 있기 때문이다. 그리고 여기서 판매하는 품목 중에 눈 영양제가 있었다. 세상에 그런 것이 있는지조차도 몰랐는데 나도 여기서 그걸 이따금 애용하는 신세가 되었으니 그 리스트는 얼마나 정확한 것인가. 나로서는 마치 그들이 내가 무슨 병에 걸릴지 미리 예견하고 리스트를 작성한 것 같은 착각이 들 수밖에 없는 것이다.

우리의 눈을 피로하게 하고 시력을 떨어트리는 요소는 다양하다. 우선 먼 곳에 초점을 맞출 기회를 박탈당한 것이다. 특히 이런 연휴는 방안에만 있어야 하니 더욱 그렇다. 24시간 틀어있어서 우리를 감시하는 듯한 형광등도 퇴화의 요인이다. 왜냐면 이미 우리는 잠자는 시간에는 어둠에, 책을 보고 일하는 시간에는 밝음에 익숙하게 진화했기 때문이다. 그리고 아마도 충분치 못한 영양분의 섭취도 퇴화를 부추기는 요인이리라.

나는 버릇처럼 쇠창살이 있는 창가로 간다. 그리고 고압전신주가 있는 그 산의 정상을 바라보고 또 산 뒤로 흐르는 구름에도 초점을 맞추는 연습을 한다. 그리고 이따금 청색 하늘로 시선을 옮긴다. 그렇지만 비가 오거나 안개 낀 날에 창밖을 바라보는 것은 지극히 위험한데 그것은 내 일이 사라지기 때문이다. 산등성 고압전신주의 가는 선들은 언제나 나의 미래를 향해있기 때문이다. 눈의 퇴화는 다가오는 시간의 퇴화다. 창가에서서 아픈 눈으로 오늘도 내가 바라보는 것은 산 정상 전신주 뒤에, 구름 뒤에 숨겨놓은 세상의 일들이다.

적단풍나무의 기억 5, 2020

3장

세상의 바닥이라는 교실

담장 안의 지식

미국은 50개의 주로 이루어진 연방국가다. 모든 주마다 상원의원이 2명씩 있고 51석을 차지하면 과반수가 되며 또 미국 국기인 성조기에 그려진 50개의 별은 각 주를 상징하며 수년 전에 푸에르토리코가 51번째의 주가 되는가에 대한 논쟁이 있었으며 수도인 워싱턴 D.C.는 주에 포함되지 않는다. 이것은 내가 미국은 50개 주라고 말하며 내가 아는 사실을 총망라하여 설명했지만 소용없었다. 그냥 이미 누군가가 미국은 51개 주라며 정해버렸고 또 누군가가 거기에 동의해버렸다. 나는 학교를 그곳에서 다녔으며 그들의 역사도 공부했다고까지 말해 보았지만 돌아오는 것은 그런데도 모르냐는 핀잔뿐이었다. 나는 내기라는 것은 싫어하는데 그냥 30만 원 정도로 내기를 할 용의가 있다고 하자 한 사람이 바로 걸려들었고 드디어 불법적인 내기가 성립되었다.

며칠 전에는 또 다른 문제가 등장했다. 노무현 전 대통령이 판사 출신인가 검사 출신인가가 문제였고 정확히 둘로 갈려서 목소리를 높이고 있었다. 여기서는 논리적 설득은 필요치 않다. 목소리를 높이다가 결국은 내기의 수순을 밟게 되는 게 결론이고 승자는 인터넷을 할 수 있는 교도관들에 의해서 발표가 된다. 사실 주된 내기의 메뉴는 여기서 파는 싸구려 먹거리가 대부분이기도 하고 그나마도 그냥 결론이 나면 흐지부지되어버리기 일쑤다. 그래도 자존심이 구겨지는 것은 가장 큰 손실이 되기에 그렇게 목소리를 높이고, 내기를 걸고, 자신에게는 확실하다는 최면까지도 거는 모양이다.

오랜 미결수 생활을 했던 나 또한 그런 내기에 동참했던 기억이 난다. 왜냐면 우리의 지식은 담장 안에 갇혀있고 그나마 외부 소통이 가능한 교도관들이 있기에 내기는 종종 성립되는데 교도관들은 우리가 요청하는 답들을 잘 찾아주는 편이다.

교도관의 친절함으로 인해 나는 이곳에서는 무시할 수 없는 금액의 큰돈을 불법적으로 획득한 적이 있다. 그런데 나는 이미 알고 있었다. 그도 나도 우리는 돈을 걸지 않았다는 사실을. 우리는 그 값어치만큼의 자존심을 건 것이었다. 그 일이 있고 그와 나는 가끔 그 얘기를 하며 웃곤 했던 기억이 새롭다.

이곳은 몸만 가두는 곳은 아닌 것 같다. 시간이 지나면서 지식도 가두고 우리의 사고마저도 가두는 곳이 아닌가 하는 생각이 든다. 사고만은 묶이지 않으려고 노력하지만, 주위를 둘러보면 그저 안타까울 뿐이다. 대화를 해 보면 그가 얼마나 오래 이곳에 있었는지, 얼마나 자주 이곳에 오는 사람인지 분간할 수 있을 정도로 사고의 경직을 보여주는 경우가 많다. 담장이 너무 높아서일까. 아니면 그 담장의 완고함 때문인가. 몸은 어쩔 수 없다 하더라도, 몸 이외의 것은 자유롭게 해야 하리라. 지식까지도.

도구의 역사

영화에서나 나올법한 이야기지만, 만약에 우리의 기억에서 과거가 모두 사라지고 또 우리의 현실에서 문명의 흔적이 모두 지워져 원시 사회로 돌아간다면 인간은 어떤 행동을 보일까. 단언하건대 인류는 분명 다시 돌화살과 돌칼을 만들고 불을 이용해 그들이 사냥한 것을 익혀 먹기 시작할 것이다. 또 인간은 수렵에만 그치는 게 아니라 도구들을 이용해 토굴을 파고, 나무를 자르고 고정해 가옥을 형성할 것이다. 그렇게 우리는 새로운 석기 시대를 시작할 것이며 이는 학습의 효과가 아니라 인간의 유전자나 본능에 의한 것이리라.

이곳에서는 주어지는 물품 외의 도구를 제작하는 일이 금지되어 있다. 그러나 그 '금기'로 인해 이곳에서는 도구들이 만들어진다. 규율이 본능을 통제하지는 못하는 탓이다. 극히 제한된 재료로 끊임없이 새로운 도구가 만들어지는 것을 보면 그 창의성이 놀랍기까지 하다. 교도관들은 그걸 방지하기 위해 방을 수시로 검사하고 찾아내는 일을 술래잡기처럼 반복한다.

도구 만드는 일을 사전에 차단하고자 이곳에는 금속성 물건이 아예 없다. 가령 숟가락과 젓가락도 금속이 아닌 플라스틱 제품을 이용하는 것이 대표적이다. 하지만 어쩔 수 없는 경우에는 금속성 물건은 철저한 통제하에서만 사용되는데 바늘과 손톱깎이가 그 대표적 예다. 이것은 방에 비치되는 것이 아니라 필요할 때 내어주고 회수하는 방식을 취한다. 사실 방마다 칼이 있기는 하다. 빵집에서 케이크를 자를 때 사용하는 낭창낭창한 칼이 그것이다. 그 연약하고 무딘 도구로 놀랍도록 정교하게 사과를 깎기도 하고 또 음식을 만들어 먹는 데도 사용한다. 음식을 만든다고 해 봐야 뜨거운 물을 이용해 겨우 여기서 파는 재료인 소시지나 떡갈비 또는 훈제 치킨을 이용해 김치찌개를 만드는 수준이기는 하지만.

금지된 것이 많다 보니 그 장애를 돌파하는 방법도 다양화되었고 지능화되었다. 오래전부터 발달의 과정을 거쳐 온 것이리라. 1인당 5장의 수건은 외부 반입이 허용되었었다. 그런데 최근에 그것마저도 금지되었다. 한 교도소에서 마약을 물에 녹인 후 수건을 적셔 마약을 흡수하게 하고 다시 수건을 말려 넣어주면 그걸 받아서 다시 물에 담가 성분을 빼내고 물을 증발시키는 두뇌 플레이를 시도했던 결과였다. 이 정도면 천재의 수준은 아닐까. 성냥이나 라이터가 없어도 불을 붙일 수 있다. 면도기용 건전지 하나에 과자봉지 같은 은박지만 있으면 간단한 일이다. 담배가 없어서 별로 쓰임새는 없지만, 그러나 모르는 일이다, 어딘가에서 담배 한 갑에 30만 원에 거래된다는 이야기가 퍼지는 이곳에서는.

이곳에서 금지된 물품 중 가장 많이 만들고 또 가장 유용한 것은 칼이다. 이유는 모르지만 그걸 여기서는 '깔'이라고 부른다. 다양한 칼의 재료가 있지만, 대개는 여기서 판매하는 건전지 면도기의 날을 빼서 만들기도 하고 건전지의 양철로 된 겉면을 분리해 갈아서 만들기도 한다. 그렇게 일단 칼이 만들어지면 그것으로 인해 다양한 생산품이 창출된다. 노트를 자르고 겉면에 천을 풀칠해 붙여 수첩을 만들고 더러는 도박용 카드를 만들기도 한다. 그 놀라운 솜씨에 가끔 소름이 돋기도 한다.

이곳에는 정말로 손재주가 비상한 사람들이 많다. 그래서 기상천외한 물건들도 많이 생산하는 곳이다. 누군가가 농담으로 그런 말도 한다. 비행기를 만들어서 탈출할까 봐 쇠창살뿐 아니라 천장도 튼튼하게 공사한 곳이 바로 여기라고.

내게도 몇 가지의 기념품 같은 것들이 있다. 수건과 옷에서 실을 뽑아 만든 십자가 목걸이 두 개와 눈에 보이지 않을 정도로 작게 접은 종이배들, 그리고 정교하게 잘 만들어졌지만, 교도관에게 들켜 겉장이 뜯어져 나간 수첩까지. 소문에는 밥에서 보리를 골라낸 후 쌀밥을 짓이겨서 윷을 만든다는데 아직 본 적은 없다. 이건 또 누구한테 만들어 달라고 해야 하는지.

영화

바깥세상보다 이곳의 생활이 훨씬 더 원초적이다. 여기서는 아무런 거리낌 없이 자신을 드러내는 일이 많다. 먹는 것에서, 일하는 것에서, 잠자는 것에서, 대화하는 것에서, 심지어 텔레비전을 보는 것도 그렇다.

여기는 TV의 채널 선택권이 없다. 법무부에서 운영하는 보라미 방송이 유일한 우리의 채널이며 이는 바깥세상의 지상파 방송을 혼합해 편집한 것으로 법무부에서 일정 금액을 지불하고 사용하는 형태인 듯하다. 방송은 오후 5시 30분 뉴스를 필두로 시작한다. 물론 녹화 뉴스로 정오에 방송된 것을 보내준다. 우리가 봐서는 안 되는 것을 그들 기준에 따라 사전에 차단하기 위함이다. (훗날 알 권리에 대한 위헌 판결을 받아서 TV 뉴스를 동시에 보여주는 것으로 바뀌었다) 그러고는 나머지 시간이 연속극으로 채워지며 밤 9시에 방송이 끝난다. 토요일과 일요일은 종일 방송이 있고 오락과 퀴즈프로그램, 연속극, 영화 등이 편성되는 것은 변하지 않는 구조다. 그런데 의정부를 제외한 다른 곳은 낮에도 방송이 나온다. 다만 의정부의 경우 '책 읽는 교도소'라는 구호 아래 언제부턴가 낮방송을 폐지했다고 한다. 또 언젠가 책을 싫어하는 소장이 오게 되면 그 구조도 바뀌게 되겠지만.

TV의 시청은 의무로 자리 잡았다. 꺼버리는 것이 불가능한 것은 아니지만, 6명이 생활하는 방에서 TV 소리가 나와야 하는 것은 이곳의 불문율이다. 그리고 그 가운데에서도 책을 보고 장기를 두고 편지를 쓰기도 한다. 아무도 TV를 보는 사람이 없어도 그걸 끄는 순간 방은 시끄러워진다. 전통이나 습관은 참 무서운 거란 생각이 든다.

주 1회 방송하는 영화는 법무부의 결정이다. 이들은 사전에 영화를 심의해 잘라버릴 것은 잘라내고 방영을 한다. 오래전에 가위질로 유명했던 공연윤리위원회의 사전심의제를 어찌도 그렇게 잘 벤치마킹했는지 어이가 없다. 그 지적 수준이 의심스럽다. 만일 수준의 문제가 아니라면 그들은 영화를 고문의 도구로 사용하는 것이 틀림없다. 우리는 결코 그렇게 고상한 영화를 요구한 적이 없음에도 불구하고 지속적으로 그것을 유지하는 것으로 봐서는 분명히 그렇다. 또 이처럼 재미없는 영화가 이렇게도 다양하다는 사실도 이곳에서 깨닫게 된다. 이래저래 영화를 보는 것도 인내심이 요구되는 행위의 다름 아니다.

이런 영화들은 정말로 유익한가. 흥미를 유발하는 요소는 있는가. 아니면 최소한의 요구인 뇌를 정지시키고 시간을 죽이는 도구로라도 가치가 있는가가 기본 요건일 것이다. 영화가 끝나고 나면 다른 방에서의 욕설까지도 들려오곤 한다. 그 욕설은 영화에 대한 이곳 관객들의 냉정한 평가일 터이다.

아주 가끔 야한 영화가 상영되기도 한다. 내 기억으로 〈방자전〉이라는 영화가 있었는데, 그 영화가 방송 목록에 나오자 환호 소리가 엄청났었다. 그렇지만 나는 익히 알고 있었다. 그들의 가위질 솜씨를. 영화는 역시나 예상대로 스토리가 이어지지 못할 정도로 난도질을 당한 후에야 상영되었으니, 이곳 사람들의 울부짖음은 표현하기 힘들 정도였다. 영화에 대한 기준이 내용을 따라가지 못하는 현실이 안타까울 뿐이다. 그런데 앞으로도 대안 없이 이렇게 생경하고 난삽함은 앞으로도 계속될 것이다.

나는 미켈란젤로 안토니오니와 오즈 야스히로의 영화를 좋아했었다. 여기서는 절대로 불가능한 그런 영화를 내가 다시 보게 된다면, 나는 이미 바깥세상에 있을 것이다. 기억으로 여기서 상영된 영화 중 가장 좋았던 것은 〈레미제라블〉이었다. 그 음악을 좋아해서 학생 시절 뮤지컬을 여러 번 보러 간 기억이 난다. 그 영화를 23인치의 TV로, 형편없는 사운드로 보고 들었다는 사실이 나를 슬프게 했다.

잠자리

어느 날 프랑스 파리의 뤽상부르 공원으로 거대한 돌덩이가 떨어졌다. 직경이 무려 70미터나 되는 둥근 형태의 돌이었다. 사람이 없는 시간에 떨어진 것이 그나마 다행이었지만 그 돌에서 심한 악취가 퍼지기 시작했다. 궁리 끝에 사람들은 표면에 시멘트를 발라서 악취를 막기로 했다. 그러나 악취는 사라지지 않았다. 그리고 마침내 찾아낸 방법은 표면을 유리막으로 코팅을 하는 것이었다. 거대한 원형의 돌에 유리막 코팅이 된 그 조각품은 곧 파리의 명물이 되었고 자존심이 되었다. 누군가는 프랑스 최고의 축구팀이 있는 도시가 이 아름다운 것을 가지는 것은 너무나 당연하다고 했다. 그런 파리의 자부심이 어느 날 갑자기 사라졌다.

우주 멀리 어딘가에 거대한 외계인이 살고 있는데, 그들이 자신의 패물을 만들기 위해 작은 인간들이 사는 지구를 선택한 것이다. 그래서 작은 인간이 그것을 코팅하자 마치 인간이 진주조개에서 진주를 채취하듯 채취해간 것이다. 그것이 그들에게는 양식 진주였던 모양이다. 이 스토리는 베르나르 베르베르(Bernard Werber)의 『나무』라는 단편집에 나온 작품 중 하나다. 성동에서 나는 그의 소설을 꽤 많이 읽었는데, 그 소설가의 끔찍한 발상이 탐이 났기 때문이었다.

올해 장마는 참 유별나다. 징역살이에 피해 입을 일은 없지만 그래도 한번 시작하면 일주일 이상 내리는 빗줄기는 언제나 밉상이었다. 오늘은 참 오랜만에 햇살이 눈부시게 빛났다. 그리고 마침 방 이동이 많은 날이어서 일을 일찍 마치고 방으로 들어왔다. 창밖을 보니 옆 사동 운동장 위로 빨간 잠자리들이 무리 지어 날고 있었다.

혹시 모를 일이다. 저 날아다니는 잠자리 중에 외계 어니선가 날아온, 그 잠자리 안에는 먼지만 한 크기의 외계인들이 그 잠자리 형태의 우주선에서 거대한 인간이 사는 지구인의 모습을 보고 있는지도. 장마가 종점을 향한다. 이제 시간이 지나면 숲에 밤이 떨어지고 잎들이 빨간색을 띠고 겨울이 성큼 다가올 것이다.

쓰레기를 버리며

어제는 기온이 영상 20도를 웃돌더니, 오늘은 급강한 데다 추적추적 봄비까지 내리는 4월의 초입이다. 이렇게 쌀쌀했다가 온화하기도 하고 비도 내렸다 맑았다 하면서 이 봄도 깊어가는 것이리라. 그러다 어느 순간엔 흐드러지게 피어 온갖 곤충들이 모여드는 꽃밭도 비워진 채 외로움만 남겨질 것이리라.

딱히 그래야겠다는 생각은 아니었는데 오늘은 느닷없이 아침부터 사물들을 정리하기 시작했다. 단순하기는 하지만 이것도 사람살이라고 2년여에 걸쳐 하나둘 쌓이니 이제는 버려야 할 것들이 적잖이 좁은 사물함을 점거하고 있었다. 영치금 입금확인증, 꺼내 보기도 싫은 재판기록 서류들, 면회 쪽지, 편지….

결국에는 끔찍하게도 재판에 대한 서류들을 다시 대면하게 되었다. 곰곰 다시 생각해 보았다. 그들이 놓친 부분은 진실이었고, 내가 놓친 부분은 그들을 몰랐다는 것이고, 그것이 내 인생과 가치관을 통째로 뒤흔드는 계기가 되었다고 생각했다. 그리고 그런 사람들을 모르고 그들을 상대로 싸웠다는 사실도 한심하게 느껴졌다. 그렇지만 한편으로는 그들이 가리지 못한 진실에 다시 접근해 가야만 하리라고 생각했다.

차츰차츰 기억으로부터 멀어져가는 이름들이 있다. 몸과 마음이 달라서 그렇지 않을 줄 알았는데 시간 앞에서 또 다른 공간이라는 것에서는 애초 불가능이 있는 것 같았다. 메탈리카의 노래 〈Nothing Else Matters〉에서 그 가사가 떠올랐다. "So close no matter how far, couldn't be much more from the heart…." 아무리 멀리 떨어져 있어도 가까이 있는 것만 같고 마음은 더더욱 그렇지요…. 아마도 희망 사항을 담은 노래인가 보다. 누군가가 떠난다는 게 혹은 잊힌다는 게 예전에는 참 슬픈 것이었는데, 그래서 우울한 날도 많았는데 이제 이마저도 운명처럼 자연스러워졌으니.

예전에는 한 번 이사할 때마다 늘 엄청난 쓰레기와 전쟁을 치러야 했다. 대개는 버려야 할 것과 버리지 않아야 할 것의 구분이 쉬웠지만, 그 경계에 있는 버려도 되지만 안 버려도 좋은 것들이 늘 내 속을 후벼 팠다. 나는 그럴 때마다 그 사물들에 대한 기억을 떠올렸다. 그리고 좋은 기억 쪽이면 남겼고 나쁜 기억 쪽이면 버리는 방법을 택했다. 아주 범위가 작아지긴 했어도 그 방법이 여기서도 통용되었다. 그런데 버려지는 물건들이 훨씬 더 많다는 사실은 슬펐다.

쓰레기를 버린다. 예전에는 아름다웠던 그래서 내게 남았던 이름들을 하나하나 되뇌며 그들이 보냈던 편지들을 쓰레기로 분류한다. 이제 봄비가 그치고 빨리 여름이 되었으면 하면서.

나는 이제 버려지는 쓰레기들과 함께 나의 슬픔과 고통의 기억을 버리려 한다. 왜냐면 나는 정말로 세상의 이치를 조금 더 이해하게 되었고 나를 알아버렸으며 나의 비워짐이 다시 무언가로 채워져야 함을 알기에. 이제 이것들의 버려짐으로 내 영혼이 좀 더 자유로워지기를 바란다.

버려지는 쓰레기처럼 예전의 이름들이 떠나가고 그곳에 다시 낯선 이름들이 들어선다. 그러고 보니 이제 이 세월을 이해하는 것도 어렵지 않고, 왜 한번 여기에 오면 다시 오게 되는지도 이제 알 만해졌다. 오랜 기간 이곳에서만 있던 사람이 바깥세상의 누구와 우정을 나누고 또 누구와 사랑을 말하겠는가. 나는 비워지는 공간들을 당분간 채우지 않고 두어야겠다. 훗날 세상과 교감할 때 그 아름다움으로 채울 수 있도록.

여름이 지나면 나는 다시 이동을 준비하게 된다. 그리고 가을 어디쯤 낯선 장소에 내가 있으리라. 다 버리고 가볍게 떠나가야지. 가벼이 해서 훨훨 날아서 가야지.

비 오는 날 1, 2022

비오는 날 2, 2021

나팔꽃과 한 남자

날씨가 급격히 무너져 겨울로 진입하는 느낌이다. 추우면 따듯한 옷 입으면 되고 보일러 틀면 되고 따듯한 물로 씻으면 되지만 여기 생활이야 어디 그럴까. 그래서 가을은 더 생략되는 계절이 아닌가.

자신이 어떤 행위를 했는지 전혀 기억하지 못하는 사람들이 있다. 흔히는 음주로 인한 사고 가해자에게서 많이 보인다. 나이가 많은 T는 살인미수라는 죄명으로 와서 우리 공장에서 일한다. 말이야 살인미수지만 그는 술 마시고 싸움이 있었고 병을 들었고 상대가 다친 모양이었다. 나중에야 안 사실이지만 도구를 사용해 상해를 입히면 그것은 살인미수라는 죄명이 된다고 한다. 물론 합의가 되면 깨끗하게 그 사실이 없어지겠지만 돈 없는 죄가 더해져 그는 이 고생을 하고 있다. 술김에 한 그 행위를 하나도 기억하지 못하는 그가 이제 출소를 몇 달 정도 남겼으니, 그도 이 겨울 어디쯤에서는 세상에 나가게 될 것이다.

공장의 노동이 그렇게 무거운 건 아니지만, 그에게는 언제나 피로에 찌든 날들이었다. 그도 그럴 것이 노인이 되어버린 몸에 부실한 영양 섭취, 1년을 넘어가는 노동 시간은 그에게 많은 것을 앗아간 듯 보였다. 더하여 이 생활의 종반전에 접어든 지금 출소 후의 생활도 그에게 스트레스임에 틀림이 없다.

요즘 그는 자주, 특히 지루한 오후 작업의 중간 휴식시간에 휴게실 창에 매달려 무언가를 집중해서 보는 버릇이 생겼다. 왜 거기서 그러느냐고 묻자 그가 대답했다. "어떻게 위 칸을 오르는지 궁금했었거든, 아마도 바람이 불면 손을 내밀어서 위를 잡는 것 같아. 참 신기하지 저 생명도…." 창밖에는 언제부터 있었는지 알 수 없는 나팔꽃 넝쿨이 철조망을 타고 자라고 있었다. 그리고 시골 아낙의 입술처럼 진한 색의 꽃들이 아래를 향해 피어있었다.

이 나팔꽃도 그렇지만 줄기식물들은 참 신기하다. 내가 젊었던 시절에 키웠던, 나보다 더 높이 자랐던, 슬라이드 필름을 휘감고 살았던 그 식물처럼. 당시에 그 식물은 내가 오래 집을 비우자 곧 시들어버렸다. 나를 대신해 친구가 와서 열심히 물을 주곤 했음에도. 하지만 신기하게도 내가 집으로 돌아오자 이내 다시 살아났었다. 그때 내가 느낀 바로는 분명히 내가 그 식물과 교감하고 있었다는 사실이었다. 얼마 전 베르나르 베르베르의 『파라다이스』라는 소설을 읽었다. 그 초현실주의적 단편들 가운데 '꽃 섹스'라는 짧은 글 하나가 나를 다시 오래전의 그 시절로 돌려놓았다.

내가 줄기식물을 키우던 시절에서 20년이 지난 지금 나는 피로에 지친 한 남자가 창가에 서성이는 모습을 보고 있다. 창밖 한 곳에 초점을 맞추고 미동조차 없는 어떤 이의 뒷모습을. 그 창밖에는 철조망을 엉금엉금 기어오르는 나팔꽃 이파리들이 바람에 떨고 있었다. 그리고 그들은 마치 나에게 이렇게 말하는 것처럼 보였다. 생명을 초월하는 생명은 존재하지 않는다.

그와 나는 그 창고처럼 허름한 공장에서, 여름이면 퀴퀴한 냄새가 나는 그곳에서 1년간 같이 일했으며 같이 세상을 공부했다.

그 겨울이 추웠다
공장과 교도소 담장 사이에
세월처럼 쌓인 눈을 따라 공장으로 가고
조각들이 봉지에 담길 때마다
벽에 걸린 시간들이 째깍거리며 앞으로 나아갔다

이따금 형이 짧은 몇몇이

울먹이며 인사하고

가석방으로 나갔지만

아직 내 몸의 상처는 아물지 않았고

진물이 나는 곳에

싸구려 연고를 덧칠했다

휴게실 작은 창문 밖,

슬픈 그곳으로 다시 눈이 내리고

찢어진 스피커에서

프랭크 시나트라의 〈마이웨이〉가 흘러나왔다

– 「마이웨이」 전문

익숙한 헤어짐

의정부에서의 마지막 일요일이다. 일어날 땐 창밖으로 어둠이 깔려 있었는데 세수하고 머리 감고 나온 사이에 밖이 환하게 드러나고 있었다. 창가로 가서 하늘을 바라보았다. 옅은 청색의 하늘에 구름이 빨갛게 올라오는 것이 프랑스 인상주의 화가의 그림같이 보였다.

마지막 운동을 나갔다. 교도소 한쪽 빈자리에 새로운 시설을 만들려는지 펜스가 운동장을 가로질러 설치되어 있었다. 저렇게 해서 지어지는 콘크리트 거푸집 속에서 또 얼마나 아픈 영혼들이 눈물 지으며 살아가려나. 차라리 그냥 빈자리로 남겨 놓았으면 좋으련만.

다시 떠남을 준비한다. 옷을 정리해서 의류 가방에 넣고 책 몇 권, 노트 한 무더기 그리고 담요와 잡동사니 조금. 2년 반을 살아도 버릴 것 버리고 나니 여기서 파는 작은 의류 가방 세 개가 내 짐의 전부다. 오래전부터 사용하던 노트와 옷가지들이 가방에 담길 때마다 나는 또 다시 징역에서의 인연을 하나둘씩 정리해 왔다. 그래도 여기서는 이만큼의 정리 시간이 주어져서 다행이다. 성동에서는 30분 전에 통보받고 후다닥 인사도 나누지 못한 채 왔었는데. 어쩌면 시간이 이만큼 지나서거나 외부 통근에 대한 우대거나 개방교도소로 가는 것에 대한 배려였는지도 모르겠다.

내일 이 시간이 되면 나는 다시 낯선 곳에서 낯선 사람과 새로운 시작을 해야 한다. 1년 전 여기 의정부에서 그랬듯이. 지난 1년은 내게 무슨 의미일까. 시간의 낭비였을까. 그냥 가방 3개 들고 왔다가 다시 가방 3개 들고 떠나는 중간 기착지였을까.

> "형상은 무형상의 자취에 불과하다.
> 실로 무형상이 형상을 낳는다."
> - 플로티누스

나는 이제는 익숙하게 헤어짐을 한다. 그리고 다시 만난다.

의정부 추억

늦은 오후 작업이 끝나고 공장 휴게실에서 작은 창을 통해 교도소 남문을 바라보면 언제나 슬픔에 빠지게 된다. 이맘때의 그림자는 담장으로 길게 드리워지고 그 한쪽으로 코스모스 무리가 아무렇게나 쓰러져 신음하고 있고 바람이 그들 위로 무심하게 지나간다. 서글프기는 창문 바로 옆 가시철망을 타고 오르는 늦가을 나팔꽃도 마찬가지다. 더 이상은 꽃이 달리지 않는 줄기를 통해 겨울이 성큼성큼 기어 오는 것이 보인다. 이제 때가 되었음을 알리는 것이다. 나의 서툰 의정부 시간들과 이제 작별해야 하는 순간이 그렇게 오고 있었다.

성동의 오전 시간은 언제나 정신없이 지나갔다. 새벽 6시 30분에 시작해서 방에 식수를 주고 각방에서 나오는 약품을 요청하는 보고장을 정리하면 바로 배식을 해야 했다. 그러고는 아침에 커피 한 잔, 과일 한 개로 때우고 교도관의 잔소리를 피하기 위한 청소를 하고 더 중요한 것으로 1동 옆 담당 교도관실 청소와 물고기 먹이 주기도 온전히 내 몫이었다. 세탁

실에 가서 지급품을 받아오기도 하고 구매품들을 정리해서 나누어주다 보면 오전이 간다. 거기에 더하여 신입 사동은 매일 새로운 사람들이 오고 또 매일 다른 방으로 이전하기에 할 일은 수도 없이 늘어난다.

그때 나는 신입동의 사동 도우미였다. 다른 사동을 거쳐 6개월째 일하는 중이었다. 그런 어느 날, 그날도 여느 날과 마찬가지로 오전 일과를 끝내고 점심을 먹고 휴식의 달콤한 순간 의정부로의 이송 소식을 들었다.

"의정부로 이송 준비하세요." 교도관의 이 말과 함께 1년 반에 못 미치는 성동의 시간들이 빠른 속도로 하나하나 지나갔다. 노원경찰서를 떠나 성동으로 온 그날은 충격 그 자체였다. 내게 있던 모든 것이 다 영치품이 되어 사라지고 마치 뼛속까지 들여다보겠다는 심산의 몸수색은 상상을 초월했다. 그들에게는 인격보다는 안전일 테니까 어쩌면 그건 당연한지도 모르지만. 다음 날부터 더 큰 고행이 시작되었다. 하루도 쉬지 않고 검사는 나를 불렀고 그럴 때마다 밧줄은 내 몸을 칭칭 감고 수갑을 채운 채로 검찰청이라는 곳으로 끌고 다녔다. 유죄추정의 원칙에 공감하는 재판이 형식처럼 있었고 좁은 방이 늘 힘들었지만, 혹시나 하는 희망의 줄을 따라 하루하루가 갔다. 그렇게 10개월이 흐르고 나는 생존의 방식으로 일을 했고 책을 보고 가끔 글도 쓰며 긴 시간에 대비했다. 의정부로의 결정은 순전히 내 몫이었다. 성동에서 일함으로써 그곳에서 나갈 때까지의 시간이 보장되는 것이지만 나는 그 무렵 새로운 환경을 필요로 했고 나는 그것을 선택했다.

10월의 중간을 넘긴 의정부의 가을은 추웠다. 수락산을 타고 내려오는 서늘함에 잠자리가 늘 힘들었다. 서둘러 담요와 내의를 준비했고 한겨울에도 입지 않던 내복을 가을에 입고 있는 내 모습이 불쌍해 보였다.

복도를 지나 건물 밖으로 나온 후 취사장 담벼락 옆을 지나는 공장의 행렬에 동참했다. 그곳에는 스산해 보이는, 지금은 가스를 에너지로 이용하기에 사용하지 않는 거대한 굴뚝이 있고 그 둥근 굴뚝을 가시철망이 감싸고 있었다. 아우슈비츠의 굴뚝도 저런 모습이었을까 하는 생각이 오래도록 남았다. 그 굴뚝 아래에는 붉은 맨드라미들이 가을 깊도록 피어 있었다. 그 붉음은 고통의 색이었다. 그 붉음은 내 상처에서 온 것이었고 그 상처는 아주 오래 덧난 내 영혼이었다. 나는 수락산 추위를 온몸으로 맞으며 그 굴뚝을 지나 맨드라미 옆으로 육중한 철문을 열고 공장으로 출근을 시작했다. 구외 1공장으로 자청하여 몸을 팔기 시작한 것이다. 노동의 시간 속으로 매일매일 빨려 들어가고 나의 소중한 시간들은 싸구려 플라스틱 물건이 되어 사라져갔다.

공장은 늘 음산했다. 언제나 빠른 손놀림으로 주어진 일감들을 침묵 속에서 완성품으로 만들었고 하루 한 번 트럭이 건물 속으로 들어와 그것을 싣고 나가는 것이 반복되었다. 우리는 휴게실에서 차갑게 식어버린

밥과 국을 꾸역꾸역 입속으로 의무처럼 밀어 넣었고 그렇게 생명은 유지되어 나갔다. 휴식시간에 스피커에서 나오는 걸그룹의 노래는 모두 빠른 곡이지만 그것이 즐거운 적은 없었다. 공장 생활의 위안은 그래도 사람이었다. 사람에게 수모를 당하기도 했지만, 위안도 사람들에게서 오는 것이었다. 그것은 방에서의 생활도 마찬가지다.

방 생활은 편안함보다는 빠듯함이 알맞은 용어일 듯하다. 모든 것이 정해진 시간에 정해진 사람에 의해 반복되는 것이다. 바뀌는 것이라고는 이따금 사람의 위치가 바뀌는 것뿐이다. 그렇게 단순함이 반복되면서 이 이상한 징역의 계급사회에서 이제는 공장에서도 서열의 상위를 점하게 되었고 방에서는 최상의 위치에 도달했다. 그렇게 시간은 더디게 흘러 1년의 의정부가 만들어졌다.

나는 이제 정확히 1년간의 의정부 생활을 마무리하고 새로운 곳의 진입을 다시 앞두고 있다. 또다시 이송을 계획했다. 물론 이번에도 나 스스로 결정해서. 그런데 이전의 의정부로 올 때와는 확연히 다른 선택이다. 그때는 살기 위해 이곳을 택한 것이었다면 이제는 정리하기 위한 선택인 것이다. 이제 얼마 남지 않았다는 것을 알고 있기 때문이다. 나는 지금 1년의 의정부 생활을 회상하는 중이다. 내게 스쳐 지나간 것은 과거가 된 그 기억만은 아닌 것 같다. 이미 내 옆에 와 있음에도 내가 인지하지 못했던 많은 사람들이 그 시간을 통해서 다시 각인되는 것이기도 했다.

다시 그 담장 옆으로 맨드라미가 고통의 색깔을 띠고 늘어서 있다. 이제 내가 빠져 버리고 동료들이 출력하는 곳에는 그 맨드라미의 붉은 색이 통증이 아닌 미래의 색으로, 희망의 색으로 보였으면 좋겠다.

태양이 비켜선 자리에
어둠이 자라
높은 담장을 넘어 창살로 오는 늦가을

벽에 걸린 23인치 TV에서
잘생긴 배우가 소란을 떨고 나면
낯선 애국가가 백두산 위로 퍼졌다

어둠을 잉태한 바다,
방은 작은 섬
그리고 비스듬히 누운
누군가에게 소중했을 그들이
내일로 간다

삶은 담장처럼 높지도 길지도 않은 것을

그냥 달려오는 겨울처럼

외진 추위와 맞서고

결국엔 굴복하고 마는 것

이따금 사이렌이 비명처럼 울리고

침묵하는 울음들이 그 소리에 편승하는 밤

–「방의 풍경」 전문

천안에서

1.

오랜 시간을 함께 웃고 아쉬워하며 지내던 그 동료들과 작별하는 날의 하늘은 슬픈 표정을 하고 시월의 쌀쌀함이 도는 날이었다. 나는 이 시간들이 정말로 어쩔 수 없는 것이라면 그것이 여러분들이어서 다행이었고 그래서 좋았다고 인사를 했다. 그리고 그동안 공장 작업대에서 비닐봉투에 숱하게 담았던 플라스틱 같은 우리 기억들, 시간, 아픔들 이제는 버리고 미래는 부디 여기에 담기지 말고 꼭 행복해지시라고 마지막 말을 남기고 공장을 나섰다.

버스가 남부교도소에 들러 아픈 영혼 하나를 내리고는 나의 목적지인 천안개방교도소로 빨려 들어갔다. 야트막한 하얀 건물이 잔디밭을 감싸고 그 잔디밭에는 조각상이 조화를 이루고 멀리 식당의 흰 벽 앞으로 정돈된 꽃들이 바위 조각을 감싸며 피어있었다. 꽃들이 저렇게 정돈되기까지 얼마나 많은 꽃송이들이 잘려나갔을까. 얼마나 많은 시간을 버텨내며 마침내 무리를 지어 필 수 있었을까. 옆에는 그 꽃들이 기댈 수 있는 바위가 있어서 참 다행으로 보였고 꽃을 가꾸는 일이 시간의 줄기를 타고 가는 우리의 인생과 닮아있다는 생각이 들었다.

교육생의 신분이 되었다. 아울러 다시 신입이라고 불리게 되었다. 오랜 시간 공장 생활에 익숙한 나에게 책상을 앞에 놓고 받는 교육은 생소함 그 자체였다. 또 무수히 많은 사람과 만나고 헤어짐을 반복하는 것이 이 생활이지만 그래도 새로움에 대한 두려움은 어쩔 수 없었다. 오래전 새로운 환경으로의 진입은 늘 가슴 설레는 것이었다. 학교를 다니기 위해 비행기를 15시간이나 타야 했던 그때는 더욱더 그랬다. 그렇지만 그때나 지금이나 목표가 변한 것은 아니니까 이런 시간이 지나면 언젠가 다시 달콤한 생이 시작되지 않을까.

낯선 사람들과 다시 동료가 되었다. 그들과 밥 먹고 잠자며 교육장으로 향했다. 그렇지만 모두가 향하는 곳이 같아서인지 금방 가까워진다. 그리고 그것은 금방 헤어지고 금방 잊힌다는 의미이기도 했다. 태풍이 지나가고 한글날의 아침이 밝게 빛나고 있다.

2.

교육생의 신분으로 며칠을 보냈다. 어찌 보면 틀에 박힌 그런 교육이지만 그래도 잊히기 힘든 하나가 머릿속으로 들어왔다. 교육 중에 틈틈이 비디오 상영이 있는데 그게 영화가 되기도 하고 유명 강사나 말을 잘하는 전문 강사가 TV에 나와서 시간 메꾸어 가던 것을 이 교육장으로 끌어들인 것이다.

어느 여자 복싱선수의 이야기가 비디오를 통해 흘러나왔다. 사실 그 이름은 오래전에 들어 본 적이 있었다. 대략 국제 복싱은 10개의 타이틀이 있다고 한다. 그리고 그녀는 9개의 타이틀을 보유했었으며 현재는 7개의 세계 타이틀을 보유 중이다. 그래서 기네스북에 오른 인물이기도 하다. 그러니 그녀의 말대로 우리가 화면을 통해 만나는 인물은 참 대단한 사람임에는 틀림이 없다. 자고로 저런 운동선수치고 드라마틱한 삶을 살지 않은 사람이 얼마나 있을까. 어떻게 생각하면 그런 드라마틱한 삶도 이제는 삼류에 속하는 빤한 결말을 가진 스토리가 되기에 그리 시선을 끌지는 못한다. 사실 그의 스토리도 그렇다. 어릴 적 어머니의 이별, 아버지의 투병 생활 그리고 당연하게 이어지는 가난이라는 것. 배고파서 훔쳐 먹은 빵의 이야기는 감동을 주지 못한다. 이미 오래전에 레미제라블이 인기를 거두어들여 지나간 것을.

그 여자는 어느 날 세계 타이틀이 걸린 경기를 한다. 그리고 내가 보았던 그래서 기억하는 것이 그때의 사진이었다. 눈이 계란만큼 부어올라서 앞이 보이지 않았고 코뼈가 내려앉아서 피가 멈추지 않았던 그 잔혹한 사진. 모두가 포기하라고, 실명할 수 있다고 말할 때 그녀는 상황을 뒤집어 세계챔피언이 되었다. 그리고 다시 드라마처럼 병마가 온다. 운동을 그만두어야 하는 최대의 위기였고 다시 각고의 노력으로 그것마저 이기고 다량의 타이틀을 보유하게 되는 스토리였다.

내가 싫어하는 복싱이라는 운동을 하는 여자가 수감 중인 우리를 울게 만든다. 사실 고통이든 슬픔이든 그것은 우리의 선택과 무관하게 다가오곤 한다. 그렇지만 분명하게 그것을 극복하는 것은 우리의 의지임에 틀림이 없다. 어린 선수가 꽃으로 피어나기 위해서 자신을 다듬어가는 것이 얼마나 큰 고통이었을까. 얼마나 많은 희생 뒤에야 저 스크린에 모습을 드러내어 상처 있는 사람들에게 눈물을 선사하고 있는가.

그 가을날 천안개방교도소의 교육장 스크린에 투영된 작은 그녀가 예뻐 보였다. 마치 하얀 구름이 있는 하늘과 잔디밭 끝에서 반짝이는 밝은 들꽃들처럼.

다시 출력을

새벽 5시 45분이 되면 마치 영화에서 미라가 동시에 일어나는 것처럼, 아니면 마이클 잭슨의 뮤직비디오 '스릴러'에서 관 속에서 시체가 동시에 일어나는 것처럼 우리는 일제히 기상한다. 사실은 그 이전에 이미 깨어 눈만 감고 있는 상태에 있는 것이지만.

7시 10분은 예정된 시간이다. 드디어, 혹은 설마가 아니더라도 다시 출력이다. 혹시나 다른 길은 어떤 것이 있을까 궁금했지만, 선택의 여지없이 지긋지긋한 외부 통근을 다시 시작했다. 의정부에서 1년간 외부에서 일해서 그게 연장되는 것이 싫었지만 도리가 없었다. 결국 천안은 내 선택이었으니까. 통근 버스인 관광버스에 올랐다. 그리고 생소한 버스가 교도소를 나와 낯선 풍경을 달렸다. 이상했다, 아주 많이 이상했다. 분명 내 손이 자유롭게 움직이는데 버스가 달리고 있었다. 불과 열흘 만에 모든 것이 다 바뀌었다. 의정부에서 올 때 두 개의 수갑을 차고 몸이 묶인 후에야 차에 올랐는데 이제는 그것이 사라졌다. 이제 반쯤은 바깥세상에 살고 있다는 생각을 들게 했다. 그리고 2년 반 전에 지금의 정반대 상태이던 그때가 자꾸만 떠올랐다.

버스가 20분을 비틀거린 후에야 공장에 우리를 내려놓았다. 그냥 구경 나온 듯 모든 게 신기하기만 했다. 공장 한쪽에 잔디밭이 있고 가장자리에 과실수가 심겨있었다. 그리고 알지 못하는 파란 과일이 가을 아침과 어우러져 있다. 다시 초보가 되어 일을 배워 나갔다. 이 일이 익숙해지면, 그리고 잠시의 시간이 더 지나면 이 공장과도 이별하겠지, 그러면 내가 이기는 것이겠지, 그렇게 다 끝나는 것이겠지.

이틀째다. 어제는 얼떨떨했지만, 오늘은 좀 나아져야 하는데 하며 앞치마를 두르고 장갑을 꼈다. 그리고는 나름 능숙하게 쇳덩이를 다룬다. 그렇지만 하루에 얼마나 좋아질 수 있을까. 그냥 오늘은 여기서 처음으로 먹어야 하는 특식이 의정부에서 먹었던 그 브랜드의 피자가 아니었으면 하는 바람으로 일을 마치고 커피를 홀짝거렸다.

다시 그 브랜드의 피자를 보니 감개무량했다. 그것이다, 내 인생에서 가장 싼 피자를 가장 맛있게 가장 많이 먹었던 그 피자가 다시 내 앞에 놓였다. 세상의 시간이 그렇게 회전하고 있는 중이다. 천안의 시간도 이제 틀 속에서 움직이고 있었다.

비 오는 날 7, 2021

비오는 날 8, 2021

천안의 풍경

1.

십일월의 시작과 함께 온종일 비가 내린다. 젖은 낙엽들이 어지럽게 죽어있고 뾰족한 향나무 한 그루가 하늘을 향해 날카롭게 서 있다. 여기는 낯선 땅이다. 이제 한 달이 되어 가는 이곳의 생활이지만 결코 낯익다고 할 수 없는 것은 당연한 일일 것이다. 카메라가 없는 나는 오늘도 서글프다.

2.

지구상에 존재하는 나라 중에 가장 신비로운 나라는 중국일 거라는 생각이 든다. 거기는 온갖 가짜와 진짜가 공존하고 가장 싼 것과 가장 비싼 것들도 공존한다. 많은 사람들이 중국을 여행하면 둥근 형태의 단단하게 말린 보이차를 사 오곤 한다. 물론 싼 것과 가짜도 많겠고 명품도 존재하겠지만 속아서 사 온 것들도 많을 것이다.

한 줌밖에 안 되는 가공한 차가 몇천만 원을 호가하는 것이 있다고 한다. 이런 최고급 차는 험준한 산에, 사람이 접근하기 힘든 곳에 자라는 고목의 녹차나무 잎을 따서 만들어진다고 한다. 사람이 나무에 다가가 잎을 채취하는 게 힘들어 영리한 사람들은 원숭이를 길들였다. 오랜 시간 원숭이를 훈련시켜 사람을 대신해 나무에 올라 그 잎을 따는 방법이다. 그런데 그 노동이 너무 힘들어 도중에 탈출해 버리는 원숭이가 많다는 이야기를 언젠가 들은 적이 있다. 얼마나 특출한 맛이기에 원숭이를 길들이기에 이르렀을까 생각하다가도 문득 인도네시아에서 주로 생산하는 커피인 루왁이 생각났다.

루왁은 사향고양이과의 짐승인 루왁이 커피 열매를 따 먹어 과육은 소화 시키고 소화되지 않는 과일의 씨를 배설물 속에서 채취하여 가공한 것이다. 현존하는 가장 비싼 커피 중 하나라고도 한다. 이러다 보니 커피 농장 주인은 생산량을 늘리기 위해 닭장처럼 좁은 공간에 루왁을 가두고 커피를 먹이로 주는 방법을 고안했다. 루왁은 열심히 커피 열매를 먹고 배설하면 되고 인간은 그 배설물을 수거하면 되는 것이지만, 그게 계약에 의한 관계가 아닌 이상 짐승의 입장에서는 잔혹한 노동으로 치달을 수밖에 없는 노릇이다.

이곳 천안에서 우리는 숫자를 통해 규정된다. 아침에 일어나 일을 나가면서, 버스에 오르면서, 내리면서, 밥을 먹으러 가고 올 때도 우리는 숫자로 환원되고 관리된다. 그뿐이 아니다. 일하는 공장에서 사복을 입은 두 명의 교도관이 늘 우리를 주시하고 있다. 그래서 우리는 바빠도 뛰지 않는다. 행여 뛰게 되면 교도관에게 오해의 소지를 줄 수 있기에. 그러고 보니 우리는 타인에 의해 길들여 녹차 잎을 따는 원숭이를 닮았다. 또 우리는 강제로 커피 열매를 따 먹어야 하는 그 짐승과도 닮았다. 우리는 녹차 잎을 따듯이 노동을 하고 강제로 커피 씨를 배설하는 것처럼 생산물을 남긴다. 교도관들이 우리를 감시하는 것은 흡사 원숭이를 지키는 것과 크게 다르지 않을 것이다.

처음에는 설레던 공장에서의 점심 식사가 이제는 재미가 없어졌다. 마치 정의의 사도인 양 우리에게 불친절한 공장 식당 아줌마들을 대하는 것도 싫어졌다. 그래도 오늘은 교도관의 눈초리를 애써 피하며 식당을 가고 아줌마들의 불친절에도 마음 두지 않으려고 한다. 버스를 타고 공장에서 돌아오는 길에 은행잎들이 노랗게 날리고 있었다. 가을이 지나가고 있었다. 그리고 약속의 시간을 향해 달리고 있었다.

3.

천안에서 공장 생활을 시작한 지 며칠 만에 목요일과 금요일 휴무가 주어졌다. 주말을 지나면 월요일은 교정의 날이기에 무려 5일간의 달콤한 휴무가 주어진 것이다. 그렇지 않아도 일하는 도중에 일감이 자주 끊기는 현상이 생겨 혹시나 했는데 실로 오랜만에 명절이 아닌 장기 휴식이다.

휴무에 들어간다는 사실을 통보받은 것은 하루 전인 수요일 업무가 종료될 무렵이었다. 그런데 그 통보를 받자마자 누군가가 다소 엉뚱한 질문을 했다. "그럼 이번 주 회식은 어떻게 돼죠?" 여기가 그런 곳이다. 시설에서 주는 밥에 몸서리치면서도 받아먹어야 하고 또 한 번씩 특식이 제공되는 회식을 하며 시간이 지나는 것을 확인하는 곳이다.

옆 동료가 오늘 아침 반찬이 뭐냐고 물으면 나는 못 들은체한다. 속으로는 우리가 언제 밥을 반찬으로 먹었냐고 말할 뿐이다. 밥은 우리의 생명을 지탱하는 도구다. 잔디에 어둠이 깔린 시간에 시끄러운 발소리로 새벽을 가르며 식당으로 행군을 한다. 일주일에 딱 하루만. 천안개방교도소의 토요일 아침 메뉴는 식빵과 양배추샐러드, 수프가 전부다. 그리고 그 메뉴가 나에게는 일주일에 한 번 먹는 아침 식사다.

의정부에서 빵을 먹는 주말의 아침 식사는 많은 준비를 요구했다. 아침에 눈을 뜨면 이 방 저 방에서 땅콩 깨는 소리가 요란했다. 샐러드에 땅콩을 넣고 참치와 떡갈비가 기본으로 들어간다. 혹은 사과가 들어가기도 하고 이상한 잼을 만들어 식빵에 발라 먹기도 한다. 나는 그것이 맛을 탐하기보다는 틀어서 벗어나려는 시도나 혹은 몸부림으로 규정했다.

천안에서는 식당에서 식사한다는 것은 기분 좋은 것이기는 하다. 식사가 벽을 뚫어놓은 배식구를 통해 들어오는 것은 동물 취급의 다름 아니기에 언제나 기분 나쁜 것이었으니까. 식당에서 식사하는 관계로 여기는 그렇게 요란한 준비를 하지 않는다. 토요일 아침 식빵 두 조각과 양배추를 먹고 나면 또 한 주를 산 것이었고 또 한 주를 살아가는 것이었다.

수요일, 업무가 모두 끝나고 세 시가 좀 넘어서 우리는 공장 식당으로 향했다. 배가 부르고 안 부르고는, 또 점심 먹고 얼마 지나지 않았다는 건 그리 중요한 게 아니다. 단지 중요한 것은 이전의 그 대답이다. 그럼 회식은 어찌 되냐는. 스티로폼 용기에 담겨 나온 찐 만두를 오랜만에 먹었다. 그리고 한 주가 지났음을 곱씹는 중이다.

4.

방에는 2층짜리 침대 두 개가 있다. 여긴 그래도 사육당하는 기분이 아니어서 그건 좀 괜찮은 듯하다. 지금까지 겪은 곳 중에서는 가장 환경이 좋았다고 해야 하나, 비록 비교 우위이기는 하지만. 만족은 아니지만 이 정도는 타당하다고 여기며 살기에 무리는 없다. 한 방에서 네 명이 생활하는데 개인 사물함과 플라스틱 의자 그리고 작은 TV가 살림의 전부다. 이제 이 방에 온 지도 한 달이 되어가고 적응이 되어 반복 생활에 익숙해지고 있다.

방에서 나를 제외한 세 명이 다 분류대상자라는 통보를 받았다. 분류라는 것은 의정부에 있을 때의 용어이고 여기서는 그것을 찍었다고 표현한다. 성동에서는 인터뷰를 땄다고 했었는데, 같은 내용을 두고 제각각의 용어를 사용하는 것이 신기했다. 어쨌든 분류는 출소하는 전달 10일경에 가석방이 결정되는데, 그것을 지칭하는 말이다. 징역 기간이 10년 이상이면 장기수고 그 이하면 단기수가 되는데 장기수의 경우에는 가석방이 삼일절, 석가탄신일, 광복절, 교정의 날, 그리고 성탄절을 합해 1년에 다섯 번이고 단기수의 경우 매월 말에 나가게 된다. 우연히도 같은 방의 세 명은 13년에서 18년까지 살아온 장기수니까 이들은 이제 크리스마스에 세상으로 나가게 된다.

그들의 표현을 빌리면 통보를 받았을 때 가슴이 벌렁벌렁했다고 하는데 2년을 좀 넘긴 나로서야 다 이해할 길은 없다. 다만 그 기쁨의 정도를 추측할 뿐이다. 인생의 가장 뜨거운 시기를 여기서 보내고 예수의 탄생에 맞춰진 날에 예수와 관계없이 세상으로 나가는 것이다.

내가 조금이나마 이해할 수 있는 것이 있다면, 그들은 내가 처음 이 시설에 와서 적응했던 것보다 좀 더 어렵게 사회에 적응해야 한다는 사실이다. 어떤 영화에서 오랜 시간 수감생활을 하고 노인이 되어서야 가석방으로 나가게 되자, 나가지 않으려고 일부러 동료에게 위해를 가하는 장면이 있었다. 결국 그는 가석방으로 나가지만 사회에 적응하지 못하고 끝내는 자살을 하고 만다. 세상은 어쩌면 그들의 생각보다 멀리 있기도 하고 또 그다지 호락호락하지도 않은 게 사실일 것이다.

공장이 갑자기 인원을 축소한다고 어수선하다. 그래서 이번 가석방 대상자들을 미리 다른 공장으로 이전시킨다고 하니 결국은 나도 방을 옮겨야 하는 모양이다. 까짓것 얼마 남지 않았는데 어디로 가든 꾸역꾸역 살아지겠지 하는 생각이다. 그보다 생애 최고의 크리스마스 선물을 받은 방의 세 사람이 세상에 잘 적응하기를 바라는 마음이 간절하다. 부디 그들이 이 고통을 잊지 않음으로써 더 이상 고통스럽지 않기를 바란다.

운동장에서

교도소의 운동장이라고 하면 사람들은 어떻게 상상하고 이해할까. 단 한 번도 이런 시설에서 운동장이 개방된 적이 없으니, 상상이 가능하기는 할까. 그런데 영화를 통해서라면 어느 정고 유추가 가능할지도 모르겠다. 인기가 있었던 영화 〈쇼생크 탈출〉에서 주인공이 탈출구를 만들기 위해 시멘트벽을 6년간 긁어서 버린 곳이 다름 아닌 운동장이었고, 그 주인공이 방송실로 들어가 오페라를 틀고 동료들이 의아해하며 그 음악을 듣던 곳도 운동장이었다. 그러니 운동장은 대략 그 정도에서 이해될 듯하다.

당연하게 나와 첫 대면을 한 운동장은 성동이었다. 미결수여서 대운동장에 나가지 못하는 우리는 폭이 3미터 정도의 뒷골목 같은 것이 하나씩 붙어있는 사동 운동장에서 하루에 30분씩 걷고, 뛰고, 하늘을 보며 햇살을 맞이했다. 그러나 그것은 방에 가두어진 사람을 다시 좁은 운동장에 가두는 것에 불과했다. 물론 그 당시 우리가 차지할 수 있었던 공간 중에선 가장 넓은 곳임에는 분명하지만. 그 운동장은 재판의 장소기도 했다. 미결 사동이었고 또 다른 방 사람들과 무더기로 섞이다 보니 오지랖 넓고 경험 많은 누군가가 나서서 재판을 진행한다. 그들의 재판은 기분 나쁠 정도로 구체적이고 또 가끔 비슷하게 맞추기도 했지만, 언제나 '아니면 말고'였다.

미결 사동의 운동장과 노역 사동의 운동장은 정확히 같은 것이지만 공기가 달랐다. 나는 그때 기결수가 되어 노역 사동 상층에서 노역수를 돌보는 일을 하고 있었다. 그곳은 침묵의 공간이었다. 그들은 달리기를 하지 않았고 그저 불투명한 자신의 미래처럼 조용히 그 좁은 곳을 맴돌 뿐이었다. 그도 그럴 것이 그들에게는 이미 정해져 버린 벌금을 날짜로 나누어 살다가 가는 그런 곳이니까. 내가 일하는 곳에서 내려다보는 그 노역동의 운동장은 그래서 늘 시간이 멈추어버린 장소 같았고 가라앉은 슬픔의 기운이 지배하고 있었다. 운동시간이 지나고 나면 운동장을 차지하는 것은 비둘기들뿐이었다.

주말이 되면 나를 밝은 창가로 가게 만든 것은 밝은 햇살도 아니고 수려한 수락산의 풍광도 아니다. 의정부의 사동 운동장은 딱 족구 시합에 적합하다. 그래서 주말이 되면 그 소리에 나는 창가에 서서 멍하게 족구 경기를 하는 그들을 바라보곤 했다. 주중에 나는 공장으로 나갔지만 아마도 미결수들이 있는 옆 동의 그 운동장은 마치 내가 예전에 그랬듯이 삼삼오오 모여 재판을 얘기하고 또 그들의 찬란했던 과거와 사실상 불투명한 내일에 대한 대화로 채웠을 것이고 공놀이로 지루한 일상에 변화를 주려 했을 것이다. 그들의 시끄러운 함성이 사라지고 나면 유난히 많은 고추잠자리가 저녁 햇살을 받으며 운동장을 메웠고, 이따금 창가에 선 나에게 다가와 내 기억 속에 하나둘씩 채집되기도 했다.

의정부에서 내가 운동을 하던 곳은 대운동장이었다. 토요일 한 번뿐이던 것이 나중에는 일요일까지로 확장되었다. 그 운동장의 먼 끝에는 꽃밭이 있고 거기에는 석고로 만든 흰 예수상이 서 있었다. 한겨울에 꽃밭은 눈밭으로 변했고 운동장에서 모아진 눈이 모두 그 석고상 아래로 모여졌지만 언제나 인자한 그 석고상은 그 자리를 지켰다. 가을이면 어김없이 피 흘린 듯 붉은 맨드라미가 무리를 지어 피어났다. 공놀이를, 달리기를, 대화를 하고 또 햇살을 받는 곳이지만, 내게 그곳은 담장 밖의 어린나무들처럼 미래와 마주하는 곳이기도 했다.

흙으로 이루어진 운동장이 아닌 천안의 운동장은 생소하다. 잔디이기는 하지만 잡풀이 많아서 나는 좋았다. 운동장에는 질경이와 토끼풀이 유독 많이 자란다. 그래서 천안에서의 운동시간은 그 풀들을 마주하는 시간이다. 그 시간은 내게 추억 여행의 시간이기도 했다. 토끼풀을 뜯어 토끼에게 먹이던 어린 시절, 그리고 질경이를 캐 나물로 먹었던 그 시절로의 여행. 운동장을 빙글빙글 돌면서 나는 언제나 고향으로 떠난다.

공허 가득 머금은 운동장,
떨리는 낙엽이 겨울 전주곡이 되어
장엄하게 낙하하고
전신주에서 이탈한 전깃줄이
운동장을 배회한다

나는 오늘도 유기 고양이가 되어
콘크리트 계단에 웅크리고
이파리들이 내릴 때마다
은폐된 기억들은 앙상한 나뭇가지가 된다

풀 더미 사이 운동장 길은
질경이 자라던 논밭 사이로 나 있고
지루한 세상이 그리움 되어
사이렌 소리처럼 낮은 펜스에 걸린 가을날
나는 질경이를 밟으며 여행을 떠난다

–「질경이를 밟으며」 전문

그 목사님

사람들은 그 목사를 이사장이라고 불렀다. 종교인으로 인정해주지 않으려는 마음이 깔린 호칭이었다. 사실 그럴 만도 했다. 일은 지지리도 못하고 논란의 중심에는 언제나 그가 있었다. 이것은 내가 기억하는 그의 대략의 인적사항이다. 시도 때도 없이 억울하다며 무죄 타령이나 하고 있으니 유죄인 군상들이 좋아할 리 만무했다. 그 무렵의 그는 고문관이었다. 이래저래 머리 아픈 사람이었는데, 공장의 인원을 조정하면서 내 조원으로 왔고 골머리가 아픈 나는 이따금 언성을 높여가며 생활을 이어 나갔다.

그러던 그에게 우연히 기회가 찾아왔다. 계절이 바뀌어 새로 옷이 지급되었는데 재봉틀을 돌리던 사람이 출소해버려 그 고물 재봉틀을 돌릴 사람이 없었다. 나는 앞장서서 어떻게든 해 보려고 그 구닥다리 기계와 씨름했지만, 자꾸 실이 끊어지고 바늘까지 부러지곤 했다. 그때 내 옆을 지나던 그가 한마디 하며 지나갔다. "저 조절 스위치가 너무 풀려있네…."

사람들에게는 그 말은 빛과 같은 말이었다. 나는 바로 자리에서 일어나 그를 앉혔고, 그가 돌리는 재봉틀은 소리부터가 달랐다. 그날 그는 우리의 숙원 사업을 해결함으로써 신분 상승을 이루게 되었다. 이후 그는 엄청난 미용 솜씨까지 자랑하며 아무나 돌아가며 뜯어 놓던 머리를 미용실 수준으로 격상시키며 공장을 접수해버렸다. 드디어 그는 공장에 꼭 필요한 목사님으로 변화한 것이다.

천안으로 와서 좀체 그의 소식을 듣지 못하다가 엊그제 받은 편지 말미에서 그의 소식을 접했다. 그가 그렇게도 바라던 크리스마스의 은총(가석방)을 그는 받지 못했다고 한다. 그가 처음 왔을 때 말썽을 너무 피워서 가석방으로 나가진 못했지만, 이제는 적응이 되어선지 내보내기가 아까운 사람이 되었다 한다.

시간이 흐른다는 것은 변화를 의미한다. 가망 없어 보였던 그가 그렇게 변했으니까. 밖에 나가면 만나서 소주 한잔하자던 그 목사님을 사실 만날 일은 없을 것이다. 그렇지만 따듯하게 대해주지 못했던 것은 조금 후회가 된다. 그의 무사 출소와 사회생활에 행운이 있길 기원해 본다.

두 팀

천안으로 와서 처음 머무르게 된 방은 2층 침대가 두 개가 놓인 4인 1실 구조의 방이다. 불편한 곳을 나중에 오는 사람에게 배정하는 게 불문율이듯 나는 2층으로 기어 올라가야 하는 처지가 되었다. 가끔 잠을 자다가 눈을 뜨면 천장과 나의 거리가 너무 가까워 깜짝 놀랄 때가 있었다.

그 방의 4명 중 나를 빼고는 모두 살인죄라는 사실이 놀라웠다. 그리고 성동구치소 도우미 시절 방글라데시에서 일하러 왔다가 살인죄로 들어온 그 사람이 생각났다. 그 힘든 한국어로 "내가 죽인 게 아니에요"라고 말하던 그를 나는 믿었다. 왜냐면 어설픈 각본보다 나는 나의 직관을 더 신뢰하기에. 그곳에서 사동 도우미를 하면서 느낀 것이, 혹은 확인한 것이 그 죄명으로 들어오는 사람들이 생각보다 많다는 사실이었다. 많은 사람이 그 죄명을 달고 수시로 신입동에 들어왔으니까.

천안은 사회적응 훈련원으로 운영이 되다 보니, 장기수들이 많고 그래서 그 범죄자가 많은 모양이다. 그들의 형기는 짧게는 10년에서 길게는 20년이었다. 그리고 20년은 대개 무기에서 감형되어 내려온 사람들이다. 이 사람들의 공통점은 외형에서 잔인함이 묻어나지 않는다는 사실이다. 지극히 평범하거나 무기력해 보이는 사람들이 대부분이다. 그것이 10년 이상의 장기 징역에서 비롯된 것인지, 나이가 들면서 변화한 것인지는 분명치 않지만.

그들 중 나와 제법 가까이 지내는 사람이 있다. 왜소한 체구에 성격도 여리지만, 그도 그 죄명을 달고 10년 이상을 버텨낸 사람이다. 어느 날 그가 누군가에게 온 편지를 읽고 답장을 써 달라고 부탁을 했다. 나는 거절하지 않았다. 이해하기 힘들겠지만, 글자에 대하여 어려움을 가진 사람들이 어엿하게 존재하는 게 이곳의 현실이었다. 그 후로 그는 더 깍듯해졌고 이후에도 여러 번 그의 편지를 대신 써 주었다.

사정이 생겨 같은 층에서 방을 옮기게 되었다. 같은 구조의 방인데 공교롭게도 왼쪽은 경제범으로 들어온 사람, 오른쪽은 살인으로 들어온 사람과 함께 방을 쓰게 되었다. 좌경제 우살인이라고나 할까. 암암리에 방은 둘로 나뉘고 태클과 견제가 난무하는 곳으로 변해 갔다. 우측의 두 사람은 게다가 처음이 아닌 다수의 경험을 가진 이곳 용어로 빵잡이(전과가 많은 사람을 지칭하는 교도소 용어)들이었다.

TV 뉴스에서 기업 회장 같은 유력 경제인이 수사를 받거나 구속이 되면 그들의 공격이 시작되었다. "저런 놈이 나한테 걸리면 아주 박살을 내 버리는데." 혹은 "저런 것들은 시궁창에 머리를 처박고 패버려야 해." 그러나 이내 뉴스에서 깡패들 이야기가 나오고 살인의 현장 뉴스라도 뜨면 이내 경제팀의 반격이 시작된다. "아니 경찰은 뭐하는 거야. 저런 깡패새끼들 안 잡아들이고." 또는 "저런 깡패놈들은 아예 씨를 말려야 하는 거 아닌가" 하며.

결국 그 방에서의 인연은 오래가지 못했다. 공장이 이동하는 것을 틈타 경제범이 그 방을 빠져나왔다. 물론 같은 층에 있어서 하루에도 수없이 마주치지만, 이제는 아는 척하지 않아서 부딪치는 일도 없어졌다. 아무래도 그 둘은 전과도 비슷하게 많고 징역도 길기에 공유하는 것이 많았던 것 같았다. 올해는 잘 버티며 살아온 저 둘도 사회로 나간다.

비오는 날 11, 2023

비오는 날 12, 2022

커피, 그리고 특식

1.

어느 해쯤인가부터 미국식 커피전문점을 필두로 우후죽순처럼 많은 대형 커피 브랜드들이 생겨났고 더불어 수많은 커피 관련 서적들도 출판되었다. 커피를 좋아하기도 했지만, 시간 있을 때 읽어 두자는 심산으로 나도 몇 권을 읽어 보았다. 그러나 굳이 이 좁은 공간에 앉아서 커피의 발견자가 누구면 어떻고 원산지가 예멘이든 에티오피아든 그게 무슨 상관이랴.

커피는 애초 무슬림의 음료였다. 커피가 무슬림에게 빠르게 확산된 건 커피가 가진 불면 성분 때문이라고 한다. 진한 갈색의 이 음료는 특히 기도 시간에 힘을 발휘해 무슬림을 빠르게 물들였고, 이를 탐탁지 않게 여긴 기독교인 중 누군가가 교황에게 고하여 벌을 달라고 청했다. 그렇게 교황이 커피 맛을 보게 되었고 벌 대신에 커피에 세례를 주었다고 하니 커피는 세례를 받은 거룩한 음료이기도 하다. 그리고 이는 기독교 국가로 전파되는 계기가 되었다고 한다.

오늘날 커피는 주로 가난한 나라의 수출품이다. 물론 미국이나 호주에서 생산되기도 하지만 그것은 제외하고. 주로 저임금으로 생산되어 기독교 국가가 많은 이득을 취하고 유통시키는 슬픈 음료가 커피이기도 하다. 그래서 커피는 공정무역(Fair Trade)을 이야기할 때 늘 맨 앞자리를 차지하는 그런 음료다.

어쨌든 나는 이십 대인 학생 때부터 이 음료가 좋았다. 무슬림은 아니지만, 술은 별로 좋아하지 않는 나였기에 더 그랬는지도 모르겠다. 내 커피의 역사는 혼자 공부하던 뉴욕에서부터 시작되었다. 근처에 작은 호수가 있어서 산책하기가 좋았던, 내가 살던 롱아일랜드의 조용한 그 동네에서 나는 언제나 아침 대신에 커피를 마시고 495번 고속도로를 이용해 학교로 갔다.

그 무렵에도 나는 항상 여러 종류의 커피를 가지고 있었다. 케냐 AA, 컬럼비아, 수마트라 등. 가끔은 지금도 내가 가장 좋아하는 커피인 자메이카 블루 마운틴을 비밀처럼 간직해 놓았다가 혼자 마시던 기억이 난다. 그 커피는 그때도 너무 비싸서 늘 소량만 가지고 있었으며, 누군가와 함께하기에는 나는 너무 가난했다.

어느 날인가부터 나도 핸드드립에 동참했지만, 지금은 스틱 형태의 비닐봉지에 담긴 맛없는 것뿐이라 안타깝다. 그래도 카페인과 설탕을 섞지 않은 것이 있어서 다행이기는 하지만. 한 통에 2천 원짜리 커피가 내게는 10회 분량이다. 맛을 제외한다면 바깥세상의 5천 원짜리 커피에 비하면 거의 공짜인 셈이다.

그래도 파란 플라스틱 컵에 담긴 뜨거운 커피는 행복하지만 늘 안타깝다. 오늘은 톡톡 떨어지며 퍼지는 그 커피의 향이 유난히 그리운 날이다.

2.

2014년이 문이 열리는 해이다. 특별한 날이라고 해도 여기서 무슨 의미를 부여할 수 있을까 싶지만, 이 숫자는 그래도 좀 신기한 느낌이 든다. 오지 않을 숫자인 줄 알았다. 절망에 휩싸여 내가 다시는 세상에 발을 들이지 못하리라 생각했었는데, 결국 그 숫자에 도달한 것이다.

학생 시절 방학에 비행기를 타고 15시간을 날아오던 그 무렵, 항공기가 러시아 영공을 통과하지 못해 약간 우회해야만 했다. 정확히 일본의 후지산 상공을 통과할 때쯤 이제 다 왔구나 싶어 기내 슬리퍼를 벗고 운동화로 갈아 신던 생각이 난다. 나의 수감 기간을 그 비행시간에 비기면 나는 지금 나는 후지산쯤을 통과하고 있는 것일 테다.

국경일이 되면 빠지지 않는 특식이 다시 주어졌다. 특식은 싸구려 아이스크림이든 최악의 냉동 탕수육이든 거르는 법이 없다. 가장 좋았던 메뉴는 의정부에서 비닐에 싸 하나씩 돌렸던 절편이었던 것 같다. 기름까지 발라져서 고소한 그 맛은 내가 먹어본 어떤 떡보다도 좋았다. 그런가 하면 성동에서는 어떤 연유에서인지 때가 아닌 날에도 특식이라는 미명하에 수시로 돼지고기볶음이 나온 적이 있었다. 양이 제법 많았고 맛도 그럴싸했던 그 음식도 잊지 못하는 기억이다.

새해가 시작되는 오늘도 역시 특식이 있는 날이다. 메뉴는 미리 공지했던 것처럼 저녁 식사로 제공되는 쌀밥과 불고기라고 했다. 참고로 여기서는 밖에서 아는 것처럼 콩밥을 먹지 않는다. 단 한 번도 그게 나온 적은 없었다. 밥은 정부 비축미인 2년 정도 묵은 쌀에 보리를 섞은 것인데 쌀밥이란 거기서 보리를 뺀 것이다. 2년 묵은 쌀이 얼마나 좋을까 싶기도 하지만, 그래도 순 쌀밥은 아주 가끔 맛볼 수 있는 좋은 음식이다. 의정부에서 특식으로 돼지 불고기 대신 호주산 쇠고기로 만든 불고기가 나온 적이 있다. 조리장의 솜씨가 더해져 만족스러웠다. 그게 여기서 특식으로 나온다니 반가웠다.

그런데 이건 뭐지. 간장까지는 계산이 나오는데 쇠고기의 향이 없다. 씹을 때의 느낌은 그냥 연한 나뭇가지를 씹는 것처럼 느껴졌다. 그래도 뇌가 먼저 쇠고기라고 인식했는지 잘들 먹고 있는 와중에 나는 제일 먼저 식당을 빠져나왔다. 사람들은 참 다양한 소를 키우는 모양이다. 그리고 징역살이에서 음식은 선택하는 게 아니라 단지 제공되는 것이며, 생존을 위해 제공하는 것이지 미각을 위해 제공되는 게 아님을 또다시 깨닫는다.

새해가 밝았다는 것은 또 한 살을 먹었다는 뜻이다. 이제는 조금씩 서둘러야 하는 삶을 살아야 할지도 모르겠다. 무엇인가에 조금 늦은 느낌이 든다.

세 공장의 기억

세 번째 맞는 12월 31일이다. 12월 31일을 50번 넘게 맞이했지만, 최근의 세 번은 정말 다름 그 자체다. 빠져나가려고 발버둥을 쳤던 성동에서, 영하 20도까지 내려갔던 의정부에서, 그리고 지금 이곳 천안에서…. 그러나 나는 또 생각한다. 지금도 2년 전의 그 암울했던 기억 속의 성동 1동 하층 12방에서 누군가는 어둡게 웅크린 채 재판을 기다리며 하루하루를 살아가고 있으리라. 또 화장실에 놓인 샴푸까지 얼려버리는 그 겨울을 의정부 6중 6방의 새로운 얼굴들이 또 살아가고 있을 것이다.

무노동 무임금이기는 하지만(엄밀히 말해서 우리가 받는 것은 임금이 아닌 작업 장려금임) 그래도 여기는 인심 한번 후하게 써서 오늘 하루 휴무를 주는 모양이다. 그러고 보니 겨울만 세 번째가 아니라 공장도 벌써 세 번째가 되었다. 성동에서의 일은 공장은 아니며 구치소 내부의 일을 처리하는 관용부의 작업이었다. 첫 번째 공장은 의정부에서의 커튼 부속품들을 조립하고 포장하는 곳이었다. 아침 일찍부터 오후 4시가 넘어야 끝나는 그 일은 지루하고 고된 노동이었으며 꼬박 12개월을 채운 뒤에야 그 공장을 나왔다. 말도 많았고 탈도 많았던 곳이었는데 사람들의 관계에 깊은 골이 패기도 했고 따스함이 돌기도 했던 곳이다.

그리고 천안으로 와서 바로 출근하기 시작한 게 두 번째 공장이다. 자동차 의자 프레임을 만드는 공장이었다. 아침이면 버스에 올라 세상을 뚫고 우리는 공장으로 갔다. 그곳은 휴식이 달콤한 장소로 기억된다. 작업 중간에 우리는 따듯한 바닥에 누워 책을 읽기도 하고 잠을 자기도 했다. 늘 불친절했지만, 끼니를 거르지 않고 공급했던 사원식당의 그 아주머니들은 또 어떻게 기억해야 하나.

그리고 이번 자동차 에어컨 파이프를 만드는 공장이 세 번째다. 자동차 하나가 참 많은 사람을 먹여 살리고 있다는 사실을 여기 와서야 알았다. 지금까지의 일 중 가장 수월한 것이니, 의정부를 생각하면 내가 어떻게 일했을까 하는 생각도 든다. 그렇지만 여기는 공기가 나쁜 곳이다. 물리적 공기도 그렇거니와 우리의 정신을 감싸고 있는 공기는 최악이다. 이전 공장의 계약 만료로 인해 집단으로 이동해 왔으니 텃세가 왜 없겠나. 동물 사육장도 가축을 옮겨놓으면 한바탕 난리가 나지 않나. 여기 머물다가 다른 회사와 계약되면 다시 떠나게 된다는데 우리는 얼마나 더 낙엽처럼 부유해야 하는가. 인생이 어차피 세상을 부유하는 것이긴 하지만.

세월이 많이도 흘러갔다. 이 세 번의 겨울도 배제할 수 없는 나의 역사임을 부정할 수 없다. 그래서 나는 이 시간이 단절된 시간이라고 말하지 않으려고 한다. 나는 오늘이 지나면 다른 세상에 있을 나를 향하게 된다.

기념사진

문득 내 옛날 사진이 보고 싶어진다. 사진가로서 찍고 만들어낸 작품 사진들이 아니고 어릴 적의 흑백사진, 고등학교 시절의 수학여행 사진, 선글라스와 모자로 나를 가리고 다녔던 대학 시절의 사진, 심지어 콜로라도에서 초록색 반바지를 입고 초록색 트럭 앞에서 폼 잡던 사진들까지 죄다 보고 싶다.

추억한다는 것이 나이 들면서 오는 질병은 아닐까 싶기도 하지만, 설령 그게 질병인들 어쩌겠는가. 사진이라는 게 본디 그런 것을. 그러고 보면 사진에서 시간과 공간은 언제나 종이의 앞뒷면처럼 따라붙는 것인가 보다.

이즈음에 내가 옛 사진들을 다시 보고 싶은 것은 사실 추억 때문이 아니다. 마치 도를 닦는다는 기분으로 여기까지 왔으니, 지나온 시간과 공간을 바라보는 시선이 얼마나 변화했는지 궁금하기 때문이다. 사진이 그것을 증명해줄 수도 있다고 생각하니 새삼 놀랍기도 하다. 이제야 알게 된 기념사진의 새로운 기능이다. 그러고 보면 회피할 일도 아니지만, 함부로 찍을 일도 아닌 것 같다.

미국에 있을 때 그랜드캐니언을 여러 번을 갔으나 아쉽게도 한 장의 기념사진도 없다. 변변한 작품도 남기지 못했으니 그냥 기념사진이라도 남겨놓을걸. 그때는 핑계처럼 그냥 가슴에 남기는 게 가장 좋다고 생각했었는데 지나고 나니 아쉬움이 남는다. 사진은 그런 것이다. 기억과 사고에 의존하는 게 사진이지만, 기억과 사고를 가능하게 하는 것도 사진일 것이다. 나는 그 사실을 얼마나 왜곡하며 살아온 것일까. 좀 더 순수해져야 하는 계절이다, 지금은.

딱딱한 의자에 앉아
얇은 천을 휘감으면
머리카락들이 아픈
과거가 되어 잘린다

흰 천위에 검게 부서지는 시간들
거울 속에서 내 잔해들이
툭툭 떨어진다

머리를 자름은 흔적을

지워 내는 것이다

바닥에 널린 형상들이

쓰레기봉투에 담겨

옛날처럼 소각된다

머리카락은 시간과 함께 다시 나고

기억처럼 떠나간다

–「머리를 자르며」 전문

눈을 치우며

밤새 제법 많은 눈이 내렸다. 사동 앞을 치우고 공터와 길, 운동장 옆 족구장까지 모두 쓸어냈다. 하얀 세상이 다시 황갈색으로 드러나버렸다. 창가에 서서 향나무 위로 그리고 그 나무를 두르고 있는 길 위로 하얗게 덮인 것이 순결해 보여 좋았는데, 나는 어느 틈에 빗자루를 든 대열에 합류해 순결의 파괴를 자행해 버리고 말았다.

눈으로 덮인 세상은 낭만이라는 단어만으로 설명되지 않는 게 있다. 그것은 지난주에 낙엽을 쓸며 느꼈던 소회와 비슷한 것이었다. 그리고 그게 설명되지 않는 한 나는 눈을 쓸어낸 것인지, 쓸어 담은 것인지 확신하지 못할 것이다.

예전에 내가 다녔던 가을의 그 산은 지독히도 아름다웠다. 나는 그곳에서 떨어져 흩날리는 낙엽과 작은 골짜기에 시체처럼 쌓인 그것을 향해 셔터를 눌렀다. 그리고 집에 와서 그 사진들 속에 파묻혀있으면 내가 온전히 자연의 일부가 되고 있음을 느꼈다. 사진을 통하면 시간과 공간의 제약에서 자유로워 마음대로 드나들 수 있으며, 이는 내 사고에도 적지 않은 영향을 끼치게 되었다. 그때의 시간처럼 제 살을 다 발라낸 여기 천안의 나무들도 다시 봄이 오면 새 생명으로 부활할 수 있을까.

눈은 겨우 가림막이다. 대상을 가리는 장애물에 불과한지도 모른다. 그래서 어쩌면 눈을 치우는 것은 존재의 본질을 확인하는 작업인지도 모른다. 내가 확인하고 싶은 본질은 여타의 대상이 아니라 '나'이다. 허공에 던진 돌처럼 그게 얼마나 사람을 지치게 하고 허망에 빠뜨리는 일인지도 물론 잘 알고 있지만, 나는 그 작업 자체를 즐긴다. 빗자루로 쓸며 지나가면 뒤에서 나의 과거처럼 드러나는 길이 곧바로 나를 따라오는 게 그 작업의 묘미다. 시간이 흐르면 옛일처럼 고스란히 사라져버릴 저 하얀 것들과 아침부터 사투를 벌인 하루였다.

회사가 망한 것은 아니지만, 우리는 공장에서 마지막 일을 하고 옷가지를 주섬주섬 챙겨 들고는 영원히 그 회사를 떠났다. 이곳에서 공장을 오가는 것이 온전한 자발적 선택에 의한 게 아니므로 우리가 공장에 남기고 온 것은 작은 웅성거림에 불과했다. 그 공장에서 오는 길에도 눈이 쌓여있었다. 이곳에선 차라리 저 눈처럼 희고 불투명한 게 더 좋은 것인지도 모른다. 저 눈이 녹아 있을 때쯤 나는 또 낯선 곳에서 낯익게 일하고 있으리라.

저녁 눈이 다시 내리기 시작한다. 상처처럼 볼썽사납게 드러난 것들 위로 소복이 쌓인다.

적단풍 이파리 위로 대설주의보가 내렸다
덩치 큰 버스가 하얀 벌판에
우리를 토해 놓고 사라진 날
긴 시간들이 통증이 되어
수출품으로 팔려나갔다
지친 몸들은 휴게실 바닥에 뒹굴고
차곡차곡 놓인 작업화에서
눈물 녹아 흐르면
나는 슬프게 행복했다
가끔 외국인 노동자들이
우리 공간을 침투해 오고
작업대 위로 켜켜이
시간들을 담아 올리지만
그들의 오늘도 늦가을 적 단풍 위에
눈처럼 불안하게 앉았다
나무 위로 아픔이 하얗게 머문 오후,
이따금 눈 더미가 부서져 내리면

빨간 낙엽이 상처처럼 드러났다

-「적단풍 위에 쌓인」 전문